JN093009

果ての海
花房観音
Hanabusa Kannon
新潮社

果ての海

1

人は簡単に死ぬものだ。男の死体を目の前にしてはじめて知った。

女の力でも、殺せる。

階段の下で仰向けになっている男の呼吸は止まっている。圭子(けいこ)はソファーに座り込んで息を整えていた。昔から、何か動揺する出来事が起こると、こうして呼吸のリズムを戻すくせが身についている。

男の目が閉じているのは幸いだったが、口は開けられたまま驚愕した表情でこと切れている。血は思ったよりも流れていない。見苦しかったので、台所にあった手拭をかぶせた。もし、まだ生きていたなら首を絞めて息の根を止めるか、救急車を呼ぶかの選択をせねばならなかったが、そうせずに済んだ。

男は死んだ。

さて、どうするか。

こんなときに、煙草を吸えたらもっと落ち着けるような気がするが、圭子は若い頃から、煙草の煙が苦手だった。そのくせつきあう男は皆、喫煙者だ。目の前で死んでいる男もそうだった。男は、圭子がせき込むのも構わずこの家でも吸い続けた。家には嫌な臭いが染み付いている。

「煙草の煙が苦手だから、止めて」と口にしたことは一度もなかった。男に逆らってはいけない、嫌われてはいけない――常に男を立て、気分を害さないように神経を使ってきた。この家に住めるのも、男のおかげだ。圭子が今座っているソファーをはじめ、家具もすべて男が買ってくれたものだ。

その男は、目の前で、ただの肉と骨と臓器の塊になり横たわっている。

どうしよう。

圭子はもう一度、自分に問いかける。

男が勝手に階段から足をすべらせて落ちて死んだと言っても通用するだろうか。顔から落ちたなら、それも通るかもしれないが、仰向けになった男を見れば、突き落とされたと考えるほうが自然だろう。実際に、突き落として殺したのだから。

死ぬか、警察に出頭するか――いや、もうひとつ選択肢がある。

逃げる。

逃げおおせるだろうか。不可能かもしれない。けれど、刑務所に入るのも、死ぬのも、いつでもできるではないか。

逃げろ。

頭の中で、声がした。

女の声だ。

「逃げよう」

そう、口に出してみた。頭より先に身体が動く。圭子はソファーに深く沈めた身体を起こし、立ち上がる。

逃げろ。

また、誰かの声が響く。

*

北陸新幹線が開通したおかげで、寝ている間に東京から金沢に着いた。はじめて乗る路線なのに、いつのまにか眠ってしまい景色を楽しむことはできなかった。金沢駅から特急に乗り込むと空腹を感じ、乗り換えの際に何か買っておけばよかったと後悔する。

こんな状況でも、お腹は減るのだ。自分は強いのか、弱いのか、わからなくなる。ずっと弱い人間だからひとりでは生きていけない、人に頼らないと生きていけないと思い込んでいたはずなのに、我ながらいい度胸をしていると感心した。

特急列車が芦原(あわら)温泉駅に停まり、圭子はスーツケースを転がし電車を降りる。福井県に足を踏みいれるのは、はじめてのはずだ。生まれた場所は、若狭湾に面した京都府丹後の宮津(みやづ)市だ。でも三歳で両親が離婚し、母と一緒に千葉に移り住んでいたので、故郷の記憶は広い空と青い海だけしかない。

駅前には食堂があった。旅館からは駅に着いたら電話をしてくれと言われていたが、空腹に耐えられず圭子はスーツケースを転がしながら食堂に入る。

扉を開けると、店のテーブルに腰掛けて新聞を開いていた女に、「いらっしゃい」と声をかけられた。三十歳ぐらいだろうか。長い髪の毛をうしろでひとくくりにした、細身で化粧気のない女だ。

圭子以外に客はいない。テレビの前の四人掛けのテーブルに座り、「ソースカツ丼と越前蕎麦のセットで」と、水の入ったコップを目の前に置いた女に告げる。

朝から何も口にしていない。ボリュームのあるものが欲しかった。

カウンターの向こうで油が跳ねる音がする。圭子はバッグからスマホを取り出した。鈴木(すずき)から渡された新しいスマホなので、操作に慣れない。

「今日からあなたの名前は、『倉田沙世(くらたさよ)』、四十三歳。生年月日は免許証に書いてある通りです。くれぐれも、干支を間違えないように気をつけてください。昔話をしたら、すぐボロが出てしまいます。スマホの名義も『倉田沙世』になっています」

まるで女のようにまつげが長く色の白い鈴木から、圭子は偽造された免許証や保険証など、「別人」になるための一式を渡された。深くは聞かないが『倉田沙世』という女は、実際にどこかに存在しているのだろう。けれど免許証の写真は、三日前に鈴木に連れていかれたスタジオらしき部屋で撮影した圭子自身のものだ。

「別人になるのも、悪くありません。いつしかそれが自分の人生になります」

そう口にして自分を送り出してくれた「鈴木太郎」という男の名前も、本名ではないと圭子は知っていた。三十五歳という年齢も、本当なのかわからない。

はじめて会ったとき、きれいな顔の男だと驚いた。整形手術をしたというのは三度目に会ったときに彼の口から聞いた。

「本当にきれいな顔ですね。モテてきたでしょ」と圭子が言うと、「これ整形ですよ」と、あっさり返されたのだ。

「ホストしてた時期があって、カッコよくなったら売り上げがよくなると思って整形したんですけど、違うんですよね。売れるホストって、容姿以上にホスピタリティが大事なんです。僕はそれができなかったし、競争するのが苦手なので、ホストを辞めました。人と争って自分をすり減らしてまで仕事をするよりは、悪いことをしたほうが効率がいいんです。リスクはもちろんありますが、それでも僕には向いている」

「悪いこと」つまりは違法なことを生業にするなんて危険だと思ったのだが、鈴木の言葉には説得力もあったし、この男にとっては自然なことに感じられた。

「人を傷つけたり、法に背くことをしたことがない人間なんて、この世にはほぼいませんよ。人は生きてる限り、みんな犯罪者なんです。ホストなんて、女を騙して金を巻き上げるのを生業にしてるようなものですから、どれだけ恨みを買っているか。どうせ罪を背負い、罰を受けるならば、どんな道を辿ったって一緒なんですよ」

「罰って、なんでしょう」

圭子は聞かずにいられなかった。

「人は皆、死にます。生きている間は、死の恐怖に脅えている。すべての人間は犯罪者だから、死刑にされるんですよ。自分で死ぬか、人に殺されるか、病気や事故など不本意な死に方もあるけれど、誰もが公平に死を恐れながら生きている。それが、人間に与えられた罰です」

鈴木の言葉で、子どもがいる母親でありながら、得体の知れない男と寝ている罪悪感が、少し軽くなった。

罪を犯しているのは、自分だけではないのだ。

自身を善人だと信じて疑わない人間よりも、鈴木のような男と一緒にいるときのほうが、自分の過去も現在も許されているような気がする。

そんな鈴木の少年のように細くて無駄な肉の無い身体が、若くも美しくもない自分の上に覆いかぶさってきたときは、申し訳なさを感じた。こんなにきれいな男とセックスするのは、はじめてだった。

「はい、おまちどおさま」

女がソースカツ丼と越前蕎麦のセットを載せた盆を圭子の前に置く。圭子は手にしていたスマホを鞄に戻す。冷たくひらべったい蕎麦の上には大根おろしとネギが載っていた。ソースの匂いが胃を刺激する。

ソースが染み込んだカツを口にいれると、思わず「美味しい」と口にしそうになった。卵でとんかつを綴じたカツ丼しか食べたことがなかったので、どんなものだろうと思ったが、甘さと辛さ、どちらもしつこくないフルーティなソースが肉にも染みて、白米にも合う。舌だけではなく、ソースの香りが鼻腔も満たす。

すべて平らげてしまい、お腹が苦しくなった。これから人に会うのに、いい年してがっついてしまった自分を恥ずかしく思ったが、美味しいものを口にすると、幸せな気持ちになる。逃げている身の上で幸せだなんて思うのはおかしい気がした。どんな状況であろうが、食欲が満たされたら心も満たされるのだろうか。

圭子は金を払い、店を出て駅に戻る。スマホを取り出し、「今、芦原温泉駅にいます」と電話の向こうの男に告げた。

十分ほどで迎えに行きますと言われ、待合室に戻るまでもないと駅の前に立って待つことにした。十月の終わり、覚悟をしていたほどは寒くない。むしろ、コートの下のセーターの厚みで蒸れるぐらいだ。

口紅だけでも直しておこうと、鞄から鏡を取り出し、自分の顔を見る。

まだ、この顔に慣れない。

間違いなく、自分の顔であるはずなのに。

目を二重にし、瞼(まぶた)の肉をとり、顎を整え、ヒアルロン酸の注射をしただけで、こんなに変わるものなのか。

鈴木が圭子に紹介した医者は、大手の美容整形外科医ではなく、明らかに闇の世界に関わる者だった。白髪の老人で、手術の前には少し不安があったが、「完成」した自分の顔を鏡で見たときは、息を呑んだ。

どう間違っても美人とは言い難い中年女だった四十六歳の鶴野圭子が、そこにはいなかった。

「三十代って言っても通用するだろうけど、あんまり年をサバ読むとボロが出ますから、若く見える四十代前半の女ぐらいが、ちょうどいいんですよ」

鈴木はそう言って、新しい圭子の顔を眺めた。その表情には感情らしきものは見えない。

私が美しかろうが、そうでなかろうが、この男には何の関係もないのだ——そう思うと、気持ちが軽い。男の目なんて気にしなくていいのだと、この年になってやっとわかった。


鈴木と出会ったのは半年前だ。

スマホで検索して見つけた、出会い系のサイトを通じて知り合った。

利用するのは、生まれてはじめてだった。埼玉の片田舎に住み、内縁関係の男の経営する会社で電話番をしている自分には、他の男と出会うための手段が他に思い浮かばなかった。

会ってからがっかりされるのは嫌だったので、正直に「四十六歳、独身、会社員」と書いたところ、鈴木から「会いたい」と連絡が来た。

新宿に住んでいるというので、圭子のほうから会いに行った。生活の面倒を見てもらっている男——糸井慎吾は経営者仲間との旅行で名古屋に行っていたし、一緒に暮らしている娘の灯里も残業で夜が遅い日々が続き、会社がある東京の友人のところに泊まることが増えていた。

「ホテルに行きましょう」

新宿駅東口の大型書店の前で待ち合わせ、圭子を見つけた鈴木は、まずそう言った。いきなりで戸惑ったが、自分を見てがっかりしている様子もないのに安心した。目的がセックスであるとは事前に確認していたので、従った。

鈴木とはほとんど話さず、あとをついていくようにして歩き、歌舞伎町のラブホテルに入った。まだ夜の闇は訪れていない、こんな時間にホテルに来るのは何年振りだろう。

「久しぶりだから、緊張します」

ホテルの部屋に入り、圭子がそう言うと、鈴木は言葉を返す代わりに、圭子の腕をひっぱり抱きしめてきた。体の力が抜けていき、圭子は息を吐く。

「僕がリードしますから、されて嫌なことは、ちゃんと言ってください。そして自分がしたいことも、口にしてください。何を言われても、おかしいなんて僕は思わないから。お互いが気持ちいいことを効率的にしましょう」

事務的な口調ではあるが、冷たいとは感じなかった。そんなことを言葉にする男ははじめてで、不思議な気持ちだった。恋愛ではなく、このようなセックス目的の出会いの場で知り合った男なんて、乱暴なのではと不安だったが、逆ではないか。女はこういうのが好きだろうと決めつけず、ちゃんと意向を聞いてくれる男など、今までいなかった。

鈴木が圭子の唇に、自分の唇をよせる。圭子は鈴木が無臭であることに気づいた。汗まじりの体臭も、香水の匂いも、煙草の臭いも、何もない。

「シャワーを浴びてきてください」

鈴木がいったん身体を離して、そう口にした。突き放された感覚もあったが、圭子は従って、浴室に行く。服を脱ぎ、シャワーを浴びる。家でも丹念に洗ったつもりだったが、指先を自分の股間に這わせ、細かな隙間も指で洗う。ぬめりはなく、乾いているが、相手が鈴木なら大丈夫な気がする。

身体をぬぐい、バスタオルを巻いて浴室を出ると、「少し待っていてくださいね」と言い残し、入れ替わるように鈴木がシャワー室に入る。

圭子はバッグの中のスマホの音を切って、財布の中身を確認する。二万三千円の現金は、そのままだ。鈴木のような男が自分みたいなおばさんを相手にするのには、何か裏があるのではないかという疑いは消えないが、とりあえず財布は無事だった。

鏡で自分の顔を見ていると、五分も経たないうちに鈴木が出てきた。身体には、何も纏っておらず、股間の肉の棒も剝き出しになっている。それが斜め上にそり上がっているのを見て、その瞬間、圭子の身体の奥、臍の下で、何かが弾けた感触があった。

自らバスタオルを剝ぎ、男を待つ。

「楽しみです」

鈴木がそう言って、はじめて笑顔を見せ、圭子の身体に覆いかぶさった。

慎吾以外の男とセックスするのは、久々だった。慎吾とのセックスすら、今は半年に一度ぐらいだ。五十五歳になった慎吾は、「昔のような元気はねぇけどよ、たまにやってやらないとお前も寂しいだろう」と言って、圭子の上にのしかかる。

慎吾は、妻と自分以外の女とも、ときどき恋愛沙汰のような出来事を楽しんでいるらしい。

「この前、ツレと行ったスナックの姉ちゃんがよ、若いくせに『オジサン好き』だって、俺になついてきたんで、同伴がてらヴィトン買ってやろうとしたら、エルメスじゃないと嫌とか言いやがってさ」

そんなふうに、楽しげに自慢してくる。どうして男は、若い女に少しでも親しげな態度をとられると、人に言わずにはいられないのか。若い女のほうは、男が「客」だから、気を惹こうとしているだけなのに、それがわからないらしい。いや、単に、自分はまだ男として現役だと思いたいので、都合のいい夢を見ているだけか。

自分もホステスの真似事をしたことがあるので、それは十分にわかっている。店に金を払う男は客でしかない。金を落としてもらう相手に、恋愛感情など抱かない。そうじゃないと仕事にならない。

ここ数年、慎吾が圭子のもとに来てセックスを求めるのは、だいたい若い女と何かしらあったときだ。慎吾は嘘が吐けない、正直で無神経な気のいい男だから、すぐにわかる。若い女と会うときのために購入したらしい勃起薬を、事務所の机の上に堂々と置いているのは、わざと圭子に見せつけるためだろう。若い女とセックスすることで、自分もまだ若いと過信しているのだとすれば、憐れなプライドだけど、それに気づいている様子もない。

半年に一度のセックスだけで、慎吾の持ち家である、駅から徒歩十五分、二階建ての小さな一軒家に住まわせてもらえるのだ。その一階の一室を事務所とする、慎吾の経営する会社のひとつで働き、少ないながらも給料をもらえるのだから恵まれていると圭子は自分に言い聞かせてきた。

ひとり娘の灯里が大学に進学できたのも慎吾のおかげだ。圭子ひとりの稼ぎでは無理だし、奨学金を借りて、返済で苦労させたくはなかった。

私は恵まれた生活をしている。不満はない――そう、思っていたはずだけれども、四十代半ばを過ぎて更年期らしき症状が現れてから、半年に一度、気まぐれのおざなりなセックスしかできずに、自分は終わってしまうのかという焦燥感に襲われることが何度かあった。

世の中は、セックスを連想させるもので溢れている。インターネットだけではない、街の中、テレビ、様々な場所にある。スマホで動画や女性向けの漫画を見てひとりですることもあったが、セックスとは別物だ。

世の中の女はパートナー以外の男とも、こっそりセックスを楽しんでいるらしい。慎吾とたまに行く近所の居酒屋の女将（おかみ）だって、ちょくちょく男と遊んでいると慎吾から聞いた。「俺も誘われたことあるけど、年増だしな」と慎吾はバカにしたように言っていた。

「今はババアだけど、うちの嫁も、昔は俺へのあてつけに男と遊んでた時期がある。でも、俺、怒んなかったんだよな。他の男に相手にされないような女じゃなくてよかったって思って、許してやった」

そんなことも慎吾は口にしていた。慎吾の妻ですら、夫以外の男に抱かれていたのだと知ると、自分がひどく損をしているような気になった。

人の肌に触れたかった。慎吾との関係を壊すつもりはなく、恋愛がしたいわけでもなかった。

ただ、セックスがしたいだけだ。

　だから圭子は、ネットの出会い系サイトに登録し、そこで鈴木と出会った。

　それから一ヶ月に一度、圭子は映画を観る、友人と会うなどの理由をつけて、歌舞伎町に出かけ鈴木と会うようになった。慎吾は「お前も友達がいたんだな」と、見下したように言うが、疑っている様子はない。

　鈴木とはホテルでセックスし、二時間の「休憩」を終えると、食事もせずに別れ、会うとき以外は連絡をとることもないが、不満はなかった。

　どうしてあなたのような若い男が、こんなおばさんにと問いかけると、「セックスの快楽に年齢は関係ありません。僕はセックスがしたいだけです」と返された。

　何度か会ううちに、鈴木が堅気の男ではないこともわかった。彼もそれを隠そうとはしなかった。歌舞伎町に住み、「日本に生まれ育ったけれど、日本人ではないし、学校も行ってないです」という言葉と、身にまとう現実味のない雰囲気だけで、最初から普通の生活をしている人間ではないとは予感していた。親はいないも同然だから、自分が死んでも悲しむ人間が存在しないのは、気楽で幸福だとも、鈴木は口にしていた。

　鈴木は圭子の身体に、存在を確かめるように丁寧に触れ、舐めて、十分に潤してくれた上で、きちんと避妊具をつけて挿入してきた。挿入時間はそう長くないが、ここ数年、セックスの際に性器に痛みを感じるようになった圭子からしたら、十分だ。更年期による女性ホルモンの低下から濡れにくくなって起こる性交痛というものらしいが、慎吾とのセックスもたまにのことだし我慢していればそれで済んでいた。

鈴木とのセックスでは痛みが少ないのは、丁寧に舐めてくれるおかげだ。鈴木は、圭子に何も望みはしなかった。フェラチオも圭子のほうから、男はこれが好きだろうとやってみたが、反応も薄く、彼のほうからさせることもない。

一方的に奉仕されているようなセックスだったが、それが心地よかった。セックスをしながらも、態度は淡々としていて、期待を抱かせるようなことも言わないが、それでいい。この男も自分も、セックスがしたいだけなのだから。

自分の生活に、少しばかりの潤いが生まれたことに悦びを感じていた。朝起きて、朝食を作り、九時になると「事務所」の電話の前に座り、細かな事務作業をして、昼に簡単なものを作るか出前をとり、慎吾が来ない日は十八時には店じまいをして、晩飯を食べてテレビを見て眠る時間が訪れるのを待つ——そんな生活でも、自分とセックスする男が存在するというだけで耐えられる。

こうして追われる身となっても、絶望せずに、まだ生きていたいと思ったのも、鈴木の存在があったからだ。

慎吾が死んだあと、圭子は、テーブルの上に置いてあった慎吾のセカンドバッグを開けて、ジャラジャラと音が鳴る鍵の束を取り出した。「銀行や家族には知られたくない現金」が入った金庫が、一階の和室の押し入れの中にあった。慎吾はお金のことになると慎重で、この金庫だけは絶対に圭子にもさわらせなかった。

付き合いだして最初の頃、家に来るなり和室に行き、札束を二つ、鞄から取り出して素早く金庫の中に置いたのを偶然見てしまった。金庫の鍵をかけて振り向いた慎吾に、「おまえ、何見てんだよ。この金に手を出すなよ、俺の金だ。変なこと考えたらお前も娘も無事で済まないからな！」と、怒鳴られたことがあった。

それからは慎吾が和室に行く際は、必ず台所か事務所にしている居間に居るようにしていた。自分はともかく、灯里の身に何か起こるのだけは避けたかった。どちらにせよ、慎吾には逆らえないし、捨てられると生きていけないのだ。今までは、慎吾がいないときでも、金庫には近寄らないようにしていた。

鍵束ごと手にして、金庫の鍵穴に一番小さな鍵を差し込む。ガチャリと音がした。開くと札束が幾つかあるのを確認した。

逃げると決めてから、小銭入れだけを手にして上着を羽織り玄関を出て、自転車に乗る。自転車で五分走り、たまに買い物をするスーパーの駐車場にある公衆電話から鈴木の番号を押した。

「もしもし」

すぐに鈴木の声がした。

「圭子です。急で、ごめんなさい。相談があります」

「なんでも話してください」

いつもの鈴木の声だ。感情がこもっていないけれど、安心する声。

「詳しいことはあとで話しますけれど、私、事情が出来て今住んでいる家から出ないといけません。とりあえずお会いできませんか」

「今晩でもいいですよ、いつものところで午後七時はいかがですか」

「了解です。あと、今、公衆電話ですけれど、私のスマホ、もうすぐ使えなくなります」

「ＯＫです。何かあれば圭子さんのほうから連絡ください」

電話を切ると、再び自転車に乗り自宅へ戻る。

居間に置いていたスマホをビニール袋に入れ、さらにもう一枚かぶせて先端を結ぶ。それを玄関の床に置いて、持っている中で一番ヒールの高い靴を履き、勢いよく踵を落とす。画面が割れる音がした。もう一度足をあげ、踵に全体重をかけると、完全にスマホが砕けた感触がある。慎吾に買ってもらった靴だった。踵の高い靴は苦手で滅多に履くことはなかったが、こんなときに役に立った。

砕けたスマホの入ったビニール袋を持ち上げる。あとで駅かコンビニのゴミ箱に捨てよう。これで自分は行方をくらませることができる。

圭子は慎吾の死体をまたぎ、階段を上がる。逃げるための準備をしなければならない。


鈴木と待ち合わせた「いつものところ」は、新宿の靖国通りに面しているミスタードーナツの二階だ。

席に座って珈琲を飲んでいると、すぐに鈴木が階段を上がってきた。鈴木はまるで何もかもわかっているかのように、「僕はあなたを何があっても責めませんから、話してください」と、隣に座るなり口にした。圭子は珈琲をほとんど残したまま立ち上がり、鈴木と共にラブホテルに向かう。

服は脱がず、ソファーに腰をおろした圭子に、鈴木はわざわざ持参したのか、小さな赤ワインのボトルのコルクを抜いて、「どうぞ」と渡してくれた。今までふたりでいるときに、酒など飲んだことはなかったけれど、圭子は躊躇わず口にした。甘いどろりとした酒が喉に流し込まれると、気持ちが落ち着いた。

「私、逃げなければいけません。詳しい事情はまだ話せませんが……どうしたらいいんでしょうか」

そう言いながらも、何度かセックスしただけのこの得体の知れない男に頼っている自分の愚かさにも気づく。けれど今、縋れるのはこの男しかいないのだ。

慎吾の死体を見下ろし、逃げると決めたときに浮かんだのは、鈴木の顔だけだった。友人も、いないに等しい。慎吾の世話になってからは、圭子自身に他に家庭がある男とつきあっているうしろめたさもあって、意識的に誰かと仲良くしようとはせず、インターネットやSNSとも無縁だった。

慎吾のおかげで暮らせているし、つらい仕事をせずに済み、娘だって大学に行くことができた。だから慎吾に嫌われてはいけない、捨てられてはいけない、見放されてはいけないと、常に慎吾の目を気にして生きてきた——。

圭子は、母と共に、千葉の田舎で祖父母の世話になって育った。母親は東京で知り合った男と恋をして、結婚して男の故郷の宮津に移り住んだが、見知らぬ土地での生活に馴染めず、男の浮気もあり、離婚して故郷に戻った。

自分の父親の記憶などないし、両親の離婚以来会ったこともない。生きているのか死んでいるのかもわからない。養育費ももらっていないことは、祖母の愚痴で知った。小さな娘を連れて実家に戻ってきた母親はさぞかし肩身が狭かったに違いないとあとになってわかったし、祖父母はもともと両親の結婚に反対していたせいか、圭子への愛情も薄いと感じていた。

だから、圭子は高校を卒業するのと同時に家を出た。自立しようと東京の看護学校に入ったが、医療の勉強は全く向いておらず、中退してゲームセンターなどでアルバイトをして、かつかつの生活をしていた。

そんなときにバイト先で高校の先輩に再会し、強引に誘われ関係を持った。処女ではなかったけれど、まともに男とつきあったことがなかったせいか、その強引さを愛だとたやすく勘違いし、妊娠した。

子どもができたからには当然結婚して産むつもりだったのに、男と連絡がとれなくなった。地元の友人に相談したところ、はじめて男が既婚者であることがわかった。男の実家を通じて、やっと連絡がきたけれど、あろうことか「頼むから堕(お)ろしてくれ」と言ってきた。あのときは、圭子も意地になっていた。自分を騙した男の思い通りになるのが悔しくて、あとさき考えず、祖父母が世間体が悪いから堕ろせというのもはねのけて、産んだ。

味方は母だけだった。「産めばいい。せっかく授かったんだから」と言ってくれた。それからは母も祖父母の家を出て、母と圭子、そして生まれてきた娘の灯里と生きてきた。ところが灯里が小学校に入る前に、母が病気で亡くなった。

パートで実家の近所のケーキ屋で働いていたけれど、自分ひとりの稼ぎでは住んでいた家の家賃も払えなくなり、寮がある埼玉県のおかきの製造工場で働きはじめた。しかし同じ寮に住むベテラン従業員の女に目をつけられ、嫌がらせを受けるようになった。その女は、最初はシングルマザーの圭子に同情して、自分の子分にしようと、やたらと「お茶行かない」と誘ってきた。圭子が未婚のまま子どもを産んだと知ると、「鶴野さんは男に逃げられてお子さんをひとりで育てているから大変なんです」と、周りに言いふらされもした。あげくに「いい人、紹介してあげようか。子どものためにも結婚したほうがいいよ」などと、還暦を過ぎた独身男と交際させようとするので距離を置こうとしたら、逆恨みされてしまった。気がつけば工場でも誰も口をきいてくれず、重労働ばかり押し付けられた。

もう限界だ。音をあげて、圭子は工場を辞めたが、自分のような女が働ける口は限られていた。思い切って隣の市にアパートを借り、駅前のスナックの従業員募集の張り紙を見て、訪ねていった。「二十〜四十歳までの女性の方。週二回以上、応相談」とあって、三十を過ぎた自分でもいけるのではと思ったのだ。

水商売なんてしたことがなかった。若くも綺麗でもなく、客あしらいが上手いわけでもない自分に向いているはずがないのはわかっていたが、時給の高さが魅力だった。昼間にアルバイトをするつもりであったが、それだけでは生活は苦しいままだ。夜も働かなくてはならなかった。当時、灯里は小学校高学年になっていたが、しっかりした子だったので、週の半分ぐらいは家にひとりで残しても大丈夫だろうと判断した。

スナックの店主は還暦を超えたぐらいの化粧が濃い、でっぷり太った身体に胸元の開いたドレスを着た女だった。圭子に遠慮のない視線をよこしたけれど、「あんたもっとちゃんと化粧しなさいよ」と言いながらも、採用してくれた。

慎吾は、そのスナックの客だった。愛想笑いが苦手で話芸もない、ホステスらしからぬ圭子が珍しかったのと、ひとりで子どもを育てる姿に同情したのだろう。

店が終わったあと、慎吾とはじめてふたりで飲みに行った際に身の上話をしたら、「あんた、頑張って生きてきたんだな」と、目に涙を浮かべていた。そんな気のいい男だったから、圭子も惚れた。

慎吾は地元で不動産を幾つか持ち、建設会社を経営していた。とはいっても、「偉いのはオヤジ」と慎吾自身が言うように、三年前に亡くなった創業者である父の基盤を継いだだけの、気楽な身分だ。

慎吾には高校の同級生だという妻と、三人の子どもがいるのは最初から承知していた。圭子はすぐに慎吾の愛人になりスナックを辞めた。慎吾の会社から車で二十分の場所にある、彼の母が晩年暮らしていた小さな家に転がり込み、その一階が慎吾の「事務所」となった。税金対策もあるらしいが、圭子は輸入下着の通販会社の社員になった。工場はフィリピンにあるが、圭子に英語ができるわけもなく、会社の細かいことはわからない。仕事はクレームの電話とメールへの対応と、慎吾が持ってきた過去の伝票や売上金のデータ入力だ。慎吾に言わせると、「バカでもできる仕事」で、実際にそうだった。

その家に、娘の灯里と一緒に暮らし、ときどき灯里が「おじさん」と呼ぶ慎吾が訪れるという生活を、十三年間続けてきた。苦手な水商売も、足が痛む工場の仕事も、わずらわしい人間関係からも縁が切れて、夜も娘と一緒にいられる。そうして暮らしていけるようになったのは、すべて慎吾のおかげだ。

しかし慎吾は死んだ。


歌舞伎町のホテルのソファーに座った圭子は、足元にある大きなバッグをテーブルの上に載せてジッパーを開け、札束を取り出した。

「鈴木さん、三百万円あります」

鈴木は表情を変えず、ただ圭子の手にした金を見ている。

「これでなんとかしてもらえませんか」

鈴木は目を圭子のほうに向けて、口を開く。

「なんとかって、ずいぶん抽象的ですね。そもそも、僕にどうしてそんなことを頼むのですか」

「……頭に浮かんだのが、鈴木さんだけだったんです。鈴木さんなら、世間知らずの私よりも、いろんなことをご存じだと思って」

得体の知れない人間だから――とは、さすがに口に出さない。

「圭子さんは、あとどれぐらい手持ちがあるのですか」

そう鈴木に聞かれ、どこまで本当のことを話せばいいのかと一瞬考えた。

銀行の口座の金をおろすと足がつくし、給料もたいしてもらってなかったので、そちらの残高はほとんどない。

「……三百万円お渡ししたら、手持ちは二百万になります」

鈴木にはすべて見透かされているような気がして、圭子は正直に口にする。

「では、僕にあと五十万、計三百五十万円いただけますか。残り百五十万円あれば、しばらくはなんとかなるでしょう。いただいたお金で、圭子さんに別の人生をさしあげます」

「別の人生？」

「そうです。あなたはこれから、逃げて、今までの自分を捨てるんでしょ。素敵なことじゃないですか。死んだらだめですよ、生きてください。すべて僕におまかせください」

そう言って鈴木は圭子の渡した札束をバッグに入れて、嬉しそうに笑った。

鈴木にその日のうちに連れていかれたのは、古いビルの中にある、白衣を着た白髪の老医師がいる部屋だった。看板が出ていないところから、正規の医療施設ではないのはわかる。

「目は全切開法で二重にしようか。顎にはシリコンプロテーゼを入れて輪郭を変える。このふたつの腫れが引くまで一週間はかかる。個人差はあるけどな。あとはヒアルロン酸で、唇を厚くして、ほうれい線を消す。これは注射だからすぐできるし、痛みもない」

目の前の圭子の顔を見た医者は、そう言った。

「あんた、特にアレルギーとかはないかな。一応、検査はするが」

「ありません」

聞かれたことはそれだけで、圭子に何か言う暇もなく、すぐに手術が施された。麻酔のおかげか、痛みもほとんどなく、これで別人になれるのだと思うと、その簡単さが呆気なかった。

腫れが引くまでは、そのビルの一室の、ベッドと狭いユニットバスだけがある部屋に滞在させてくれた。食事は、看護師なのか、医者の助手らしき年配の女がコンビニの弁当やパン、デリバリーの総菜などを用意してくれた。鏡を見ると確かに腫れているが、痛みはなかった。それより別人の顔がそこに映っていることに慣れずいちいち驚いていた。

手術をして三日目に、鈴木から預かったと、医者から封筒を渡された。中にはスマホが入っており、「自由に使って下さい。料金はしかるべきところから引き落とされますので、お気になさらずに。あと、僕も足がつかないように今まで使っていた番号のスマホは手放すので、これからはこちらに連絡下さい」と、知らない番号とＬＩＮＥのＩＤが書かれたメモがあった。

真っ先に検索したのは、灯里のインスタだった。去年ぐらいから、灯里がやたらとスマホを眺めているので、「どうしたの」と聞くと、「インスタはじめた」と答えた。

親に見られるのは気持ちのいいものではないだろうとアカウント名は聞かなかったけれど、どうしても気になっていくつか検索し、「akaritan0129」というアカウントを見つけた。灯里は子どもの頃、自分を「あかりたん」と呼んでいて、高校生ぐらいまでは友達にもそう呼ばれていたはずだ。灯里の誕生日が一月二十九日だから間違いないだろう。

自分の顔写真はあげていなかったけれど、服装と胸元の様子、指などでわかる。内容は、何を食べたとか、会社の近くの景色とか、たわいもないものではあった。

慎吾が死んだ日から、灯里のインスタは更新されていなかった。きっと警察に事情を聴かれたり、大変な状況だろう。そのことを考えると胸が痛む。

慎吾の事件は報道されているだろうか――。

検索して見つけたニュース動画を再生する。

「埼玉県川口市の会社経営者が事務所で亡くなっているのが発見され、警察は事件と事故の両面で捜査をすすめており、死亡した会社経営者の知人の女性の行方を追っています――」

昨日、報道されたばかりのニュースだ。慎吾の名前は出ていないが、おそらくこれだろう。

胸の鼓動が速くなり、それまで平気だったはずの目の周辺に痛みを感じたので、圭子はスマホを閉じた。

手術から一週間経ち、もうほとんど腫れも引いたと言われた日に、鈴木がやってきた。

鈴木は、目が二重になり、顎が尖り、美しくなった圭子の顔については何も触れなかった。

部屋を出て、スタジオのような場所に連れていかれる。金髪でガリガリに痩せていて、首筋には椿の花、タンクトップから剝き出しになった腕には焔(ほのお)を纏う龍の姿の彫りを入れた女のカメラで、写真を撮られた。

そしてさらに二日後に鈴木がまた訪れた。ホテルに行こうと圭子のほうから誘った。ホテルに入ると、封筒を渡された。中には「倉田沙世」名義の免許証と住民票、保険証が入っていた。

「困ったことがあったら、また僕に連絡をしてください。ところで、逃げる場所は決めたんですか」

鈴木の問いに、圭子はとっさに答えた。

「福井に……」

「なんでまた、福井に」

「いただいたスマホで見つけました。東京から離れたところで、住むところもあって、私のような者でも雇ってくれるところはないかと……芦原温泉の旅館で仲居を募集していて、寮も完備というので、これに応募しようと決めました。私、何もできない女なんです。この年齢で、いちから何かをはじめるとしても雇ってくれるところはありません。でも、年齢も問わないと書いてあったし……あと」

「あと、なんですか」

「私、三歳まで日本海のそばで育ったんです。宮津という、昔は栄えた港町だったところで……でも私が覚えているのは、広くて青い海と空があった、それだけなんですけど、海のある場所で暮らしたいとぼんやり考えていました」

自分はどうして、この得体の知れない、何度かセックスしただけの鈴木という男に、こんなふうに何もかも話しているのかと、圭子は不思議だった。

「逃亡者が行く場所として、日本海というのは相応しいかもしれません。都会は人が多くて、紛れ込めるように見せかけて、そうでもない。監視する者だらけだ」

鈴木は感情をこめずに、そう言った。

やはり美しい顔だ。圭子は男の顔を眺める。いつ捕まり、いつ死ぬかわからない身ではあるけれど、この男とセックスできてよかった。心が安らぐセックスだったし、相手の機嫌を伺わずに抱かれることが、楽だった。

そのくせ、この男に恋愛感情を抱かないのが自分でも不可解だった。若い頃ならば、求められてセックスして、すぐに相手に惚れていた。恋をした気になっただけで、本当のところは自分が求められるのが嬉しかっただけなのに。ずっと、そんな勘違いを繰り返してきた。けれど鈴木に対して自分が冷静でいられるのは、最初からセックスを目的として知り合ったせいだろうか。

期待をしていないのだ、男に愛されることも、恋愛で幸せになることも。

「鈴木さん、私、この旅館に電話してみます。ダメなら、またそのときに考えます」

圭子はソファーから立ち上がり、薄手のセーターを脱ぎ、スカートを下ろして下着姿になる。家から逃げる時に、箪笥の奥から引っ張り出してきた、上下揃いのブルーの下着だ。慎吾とつきあい始めた頃に買ってもらった外国製の華奢な下着で、もったいないからと二度だけ着てしまいこんでいた。

自分にはこんなものは似合わないと思っていた。けれど、今、少しばかり美しくなったからと身につける勇気が湧いた。

「鈴木さん。しばらくお会いできません。だから、抱いてください。もしかしたら、これが人生最後のセックスになるかもしれません」

逃げきれなかったら、私は死ぬかもしれないから——とは口に出さない。

切実だった。もう一度セックスしたかった。

「きっとまた会えますよ。会いに行くかもしれない。それに、僕も今日はそのつもりでした」

鈴木は口元にだけ笑みを浮かべ、シャツを脱いだ。

「圭子さん、絶対に死なないでくださいね。自分だけ死んで楽になろうなんて、そんなの僕が許しませんから」

そう口にして、笑顔で圭子に覆いかぶさってきた。

芦原温泉の駅前に立っていると、「あわら温泉　極楽の湯　花やぎ旅館」と車体に大きく書かれたグレーのワゴン車が、圭子の前に停まる。

「倉田さん?」

運転席から出てきた、背の低い小太りの男に声をかけられ、「はい」と頷く。

「外で待ってたら寒かったやろ。待合室でもよかったのに」

そう言いながら、男が車のドアを開け、圭子はスーツケースと共に乗り込む。

「そう時間かからんからね。倉田さんは、東京の人?」

「はい」

と答えながら、圭子は緊張していた。「倉田沙世」としてボロが出ないようにしないといけない。私は鶴野圭子ではなく、倉田沙世。四十三歳、東京生まれの東京育ち、若いときに結婚して専業主婦をしていたが離婚して仕事を探している、子どもはいない——それが圭子の考えた「倉田沙世」だ。

専業主婦をしていたから、パソコン仕事はできません。夫には借金があり、それが原因で離婚したので手持ちの金もほとんどありません。だから学歴も年齢も経験も問わない、住まいもあるこの仕事をネットで見つけて応募しました。旅館の仕事は、学生時代にアルバイトで布団の上げ下げなどの手伝いを経験しています——と、聞かれたら話すつもりでいた。

「都会の人は、田舎暮らしは退屈でたまらんのちゃうか。びっくりするほど、こっちは田舎やで」

男は関西の人間なのかもしれないと、その言葉遣いで思った。

「いえ、でも、私、田舎好きです」

「みんなそう言うんや。最近は、若い人でも農業したいって移住する人が増えたみたいやけど、人間関係で苦労するみたいや。知り合いだらけで、何をしても筒抜けや」

喋りすぎたと思ったのか、男は急に黙りこむ。

田園地帯を走り、「ここが駅や。あわら湯のまち駅な」と、男が口にするので窓の外を見ると、小さな駅舎が見えた。圭子はさきほどＪＲで来たが、えちぜん鉄道という、電車の交通機関がもうひとつあるのは知っていた。

駅を通り過ぎると銀行が見えて、その向かいの大きな建物の前で車が停まる。

「着いたで」

男に声をかけられ圭子は車を降りる。

「フロントに声かけたら、支配人さんが出てくるわ」

男はそう言って再び車を走らせ、どこかに去った。

圭子はスーツケースを転がして、誰もいないフロントの呼び鈴を押す。

ロビーが広い。柄が織り込まれた絨毯が敷かれ、ゆったりしたソファーとテーブルが並んでいる。相当な人数が入るだろう。

スマホでこの旅館を調べたときは、宿泊の値段が安かったので、もっとみすぼらしい宿なのかと思っていたのに、ロビーだけ見ると立派なものだ。

あの日、鈴木とホテルでセックスしたあと、再びビルの部屋に戻り、温泉旅館に電話すると、簡単な略歴をメールで送ってくれと言われた。「倉田沙世」の経歴を記したメールを送ると、すぐに電話がきて、「面接をしたい」と請われたので、「明日伺います」と答えた。その日のうちに美容院に行き、ばっさりと髪を切った。肩の上で整えられた髪の毛と、鏡に映る自分の顔は、すっかり知らない女だった。

そして翌日、世話になった医者の元を出て新幹線に飛び乗ってここまで来た。

フロントの奥から細身のスーツの男が現れた。頭頂部が薄くなっているが若い頃は男前だったのだと連想させる整った顔立ちだった。

「倉田沙世です。面接に伺いました」

「和田（わだ）です。ここの支配人です。お待ちしておりました」

眼鏡をかけた男は、にこりともしない。

「あちらでお話をうかがいます」

和田に促され、ロビーのソファーに腰を沈める。

和田もすぐに向かい側に座り、圭子の差し出した履歴書を眺めている。

「旅館で働いた経験もある、とのことでしたね」

「学生時代のバイトですけど」

採用されるために、もっと経歴を盛ればよかったと圭子は後悔する。

ここまで来て追い返されたら、行くところがない。

「どちらのほうですか。私もそこそこ顔が広いんで」

「信州です。冬のリゾートバイトです」

旅館の名前を聞かれたときは忘れたと答えるつもりでいたけれど、あまり詳しくつっこまれたら動揺が顔に出ないかと心配になって血の気が引き、指先が冷たくなる。

「十分です。正直なところ、もうすぐ蟹のシーズンで、一番忙しいときなんです。普段は閑散としているんですが、冬だけは別です。けれど働ける人間は年々減っています。地元の若い子も都会に出てしまいますしね。仕事は簡単だから、すぐに覚えられます」

一瞬ひやりとしたが、助かった。どうやら採用されるようだと、圭子はホッとする。

「ただ、体力仕事ですよ。学歴も職歴も経験も問わないけれど、健康で頑張って働いてくださることが第一の条件です。それは大丈夫ですか」

「はい。健康には自信があります」

嘘ではなかった。大きな病気はしたことがない。

「それならさっそくですが、明日から働いてください。今から寮にご案内します」

「ありがとうございます」

圭子は、深々と頭を下げる。

フロント係らしき制服姿の女が、珈琲を持ってきて、ふたりの前に置いた。

「珈琲がきたんで、せっかくだから一服してください」

最初は冷たい印象を受けたが、そう悪い人間でもなさそうだと、目の前の男を見て思った。年齢は、還暦ぐらいだろうか。

「給料は寮費や食費を抜いた月末払いで、手渡しか振り込みか都合がいいほうを選んでください。安いと思われるかもしれませんが、不景気でうちも厳しくて」

「でも、すごく立派な旅館ですね。ロビーも広いし、お風呂も三つあるんですね」

「風呂だけは自慢です。あとロビーの広さと、宴会場や、レジャーフロアには卓球台やゲームもあり、家族連れが遊べます。昔はダンスフロアだったんです。バブルの頃は、蟹のシーズンではなくても賑わってたから、その頃の名残ですよ。もう、今、日本人はレジャーに金をかけられなくなってしまった。外国人客は、京都や大阪には溢れているけれど、この辺りまではそう来ません。温泉と、観光地といえば東尋坊ぐらいで、面白みがないんでしょうね。私が言うのもなんですけど、もう地方の観光地は終わってますよ。生き残っていられるのは、蟹のおかげです」

東尋坊は、知っていた。

自殺の名所と言われていることも。

「寮まではご案内します。明日からのことは、仲居のチーフが指示しますので、なんでも聞いてください。チーフは今日は休みをとっていますが、明日には戻ります。お疲れでしょうし、今晩は温泉でも入ってゆっくりして、明日から頑張ってください」

和田はそう言って、半分だけ口を付けた珈琲を置いて立ち上がった。

圭子も少しだけ飲んだが、珈琲は薄くて不味かった。客にはもっとましなものを出していると思いたかった。

従業員の寮は旅館に隣接する灰色の建物だった。鍵を受け取り部屋に入ると、六畳の畳の部屋で、隅に布団が畳んでおかれていた。

「洗面所とトイレは共同です。風呂は本館のを使ってください。三つあるうちのひとつが二十四時間やっています。食事は本館の一階に従業員用の食堂があります。ただ申し訳ありませんが、今日は倉田さんの分は用意していないので、どこか外で食べてください。歩いて十分ほどのところに、二軒コンビニがあります。食堂も幾つかありますし、駅前には屋台村もありますよ。私は行ったことありませんが、お客さんには喜ばれているようです」

そう言って、和田は出ていった。

時計を見ると、午後四時だ。さきほど芦原温泉駅でお腹いっぱい食べたせいで、あと数時間は何も入らない。

荷物を広げなければいけないと思いつつ、圭子は脱いだコートをハンガーにかけて備えつけのクローゼットに入れ、畳の上に仰向けになる。

本当は、怖かった。どこで、「お前は倉田沙世ではない」と言われるか、ひやひやしていた。他人に成りすますには、常に神経を張りつめていなければいけない。いや、いつかは慣れるのだろうか。

スマホを取り出すが、どこからも連絡がなかった。この番号は、温泉旅館と、鈴木しか知らない。娘の灯里にも教えていなかった。連絡すれば迷惑がかかってしまう。灯里のインスタを覗くが、相変わらず更新はない。

あの娘(こ)は何も悪くないんだから——この数日間、ニュースは意識して見ないようにしていた。けれど、慎吾の死体が発見され、自分が容疑者になったことで、灯里が警察の取り調べを受けているのは間違いない。慎吾の持ち家だから、もうあそこには住めないはずだ。慎吾の妻や子どもたちが、灯里を追い詰めないようにと祈るが、そういうわけにもいかないだろう。

灯里に恋人がいることは気づいていた。「友達のところに泊まるね」と言って、残業があるから週に一、二度、外泊するようになったが、その「友達」について詳しく話さないのは、男だからだろうとは予測できた。

親のひいき目を抜きにしても、灯里は美しくなった。自分とは全く似ていない、聡明で愛らしい娘だ。父親似なのだろうが、その男の顔をもう覚えていない。

二十三歳の女に恋人がいることには何の問題もない。できれば娘の恋人が、娘を守ってくれる優しい男であれと願わずにはいられなかった。

そして、自分が慎吾の死に何の感傷も覚えないことに圭子は気づいた。慎吾の死体を見下ろしたときですら、そうだった。

いや、あのときにわかったのだ。自分が慎吾に愛情を抱いていなかったことを。かつてはあったかもしれないが、結局、生活の面倒を見てくれる男に過ぎなかった。憎しみすら感じない。悪い男ではなかったが、支配的ではあった。本人は冗談のつもりらしいが、何度か顔を叩(はた)かれたり、足で蹴られたりもした。

それでも、既婚者であるのを隠して「愛している」という言葉を唱え、避妊もせずにセックスし、子どもができたら逃げた男よりはましだった。何よりも、慎吾のおかげで、圭子はつらい仕事をせずとも暮らせるようになったし、それを愛情だと思って生きてきた。

なのに、慎吾が死んでも、全く胸が痛まない。

慎吾の死体を思い出すと、恐怖よりも解放感があった。

やっと逃げられた。

目を覚ますと、外はすっかり暗くなっていた。いつのまにか畳の上で寝てしまったらしい。時計を見れば夜の八時だった。身体を起こすと、少し空腹を感じる。

圭子は鏡を見て、口紅を塗りなおし、バッグを持って外に出た。食事をするついでに、この町を少し歩いてみようと思った。

駅付近まで歩くと、灯りに照らされた平屋の細長い施設があった。建物自体は新しい。中に入ると、幾つか足湯があり、浴衣を着た観光客らしき人が数人いた。どうやらここは無料の足湯らしい。圭子は足湯を突っ切るように出口へ向かう。

その先に、屋台村があった。さきほど支配人が言っていたものだろう。想像していたよりこぢんまりしている。

店を探すのも面倒だし、今日はここで何か食べよう。圭子は左右に並ぶ店を眺めながら歩く。平日のせいか、そう客が入っている様子はない。魚に肉、フレンチまであるのかとちらちら見て、屋台村の端まで歩いた。昼はソースカツ丼と蕎麦だった。魚を食べてみたいと「地元のとれたて鮮魚」と書いてある店の扉を開く。

カウンターだけの、数人入ればいっぱいの狭い店に、先客はひとりだけだった。緑のニットのワンピースを着た細身の女で、はっきりした顔立ちだが化粧はしておらず、自分と同じぐらいの年齢のように見えた。長い髪の毛を頭の上でまとめている。背筋が伸びて、姿勢の良さが目についた。

「いらっしゃい」

カウンターの中にいるのは若い男だった。

圭子はビールと、テーブルの上に置いてあったお品書きに記された「おすすめの一品」を注文する。値段が高かったらどうしようと心配していたが、杞憂だった。百万円以上手元にあるとはいえ、この先何があるかわからないから、おいそれと金は使えない。

目の前に置かれたビールを一口飲んで、突き出しのきゅうりと鯖（さば）きずしの和え物を口にすると、鯖と酢のうま味が口の中で広がる。

「お嬢さん、よかったらこれどうぞ」

お嬢さんと呼ばれて、誰のことかわからず、周りを見渡してしまった。

ニットのワンピースの女が、魚の天ぷらが載った皿を、圭子の前に置く。

「これ、大将が今日釣ってきた魚なんだけど、私、頼みすぎちゃったから、お嬢さんにあげる」

それではじめて「お嬢さん」が自分のことだと気づく。

今の私は、「三十代後半ぐらいに見える四十三歳の女」なのだ。

見知らぬ女の親切に戸惑ったが、「ありがとうございます」と言って圭子は箸をつける。

「そろそろ行って準備しないと。淳（じゅん）ちゃん、美味しかった、また来るね」

淳ちゃんというのは、この大将の名前らしい。女は千円札を何枚かカウンターに置き、お釣りを受け取ると壁にかけてあったコートを手にした。

「淳ちゃん、たまには劇場来てよ」

「休みの日になったら顔を出します」

「絶対ね、待ってる」

女はそう言って、颯爽と出ていった。やはり姿勢のいい女だと圭子は思った。

「あの人ね、踊り子さんなんです。すぐそばの劇場の」

「劇場？」

「あわらミュージックっていう北陸で唯一残ってるストリップ劇場があるんです。最近は女性客も増えて、賑わっています。でもね、踊り子さんと知り合っちゃうと恥ずかしくて観に行けないんですよね」

ストリッパーだったのかと、圭子は驚きを隠せなかった。どうりで生活感がないはずだ。そういう場所があるのは知っていたけれど、足を踏みいれたこともないし、裸で踊る女と接したこともなかった。

圭子が注文した料理を出し終わると、大将は手持無沙汰なのか、小さなテレビのスイッチをリモコンで入れた。ニュース番組だ。最初は、母親が子どもを虐待して殺したニュースだった。

画面が切り替わり、別の女の逮捕映像が映し出される。バサバサの長い髪の毛、化粧気のない顔、腫れぼったい瞼、えらの張った頰、深く刻まれたほうれい線――かつての自分に似ている地味な顔立ちの女。胸の鼓動が速まった。

「捕まったみたいですね。一昨日だったかな、青森で夫を殺して逃げてた女。めった刺しにしたようだから、よっぽど恨みがあったんだろうな。夫が浮気性で喧嘩が絶えなかったと近所の人が話してるのもテレビで流してたけど、こんなおばさんじゃあ、男も浮気したくなるよなぁ」

大将が悪気もなく、そう口にする。

こんなおばさん——その通りだ。若くも美しくもない、冴えないおばさん——それが私、鶴野圭子だ。でも、今は、違う。

すぐにまた画面が変わり、総理大臣の顔が映し出される。外交関係のニュースが流れた。

「ビール、もう一杯」

圭子は酒を注文して、さきほどの女に譲られた魚の天ぷらの最後のひときれに塩をつけて口の中にほうりこむ。

2

いったい幾つなのだろう。圭子は目の前に座る女の年齢が気になった。丸顔に大きな目と高い鼻、目元はブラウンのアイシャドウで縁取られ、つけまつげで飾られている。この季節なのに、光沢のある紫色の膝上ノースリーブのワンピースを着て、同色のスカーフを首に巻き付けていた。身体は太めで二の腕のたるみも目立つが、脚だけは形が良く、それを強調するようにピンヒールを履いている。

自分より年上なのは間違いないだろうが、それでも年齢は読めない。

「もちろん、無理強いはしないし、倉田さんが働きやすい形でと思ってるんです」

咲村美加と名乗った女の隣に座る和田が、こちらを探るような表情を隠さずに言った。

圭子がこの旅館で働きだしてから、一週間が経っていた。仕事は着物を着て客を案内したり、布団の上げ下げが中心だった。難しい仕事ではないし、着物の着付けもなんとなくだが覚えられたところだ。それでも気が張っているのか、毎日、寮に帰ると疲れ切って寝てしまう。

人の入れ替わりが激しいらしく、他の従業員から関心を持たれている様子はなかった。このまま働き続けるのだろうと考えていた矢先に、「話がある」と和田に呼び出された。

知らない間に自分は何かミスをしてクビになるのか、あるいは――「倉田沙世」ではないことが露見したのかと胸の鼓動が速くなる。逃げようと思ったけれど、勇気を振り絞ってロビーに行くと、圭子を待ち受けていたのが、咲村美加だった。

「これから忙しくなって、今年は例年以上に団体客の予約も入ってるんですが、どうも宴会係というか……そっちのほうが人手不足でね。仲居は、何人か短期バイトが来てくれることが急遽決まりまして、美加さんに、誰かいないかと相談されてはいたんですけれど、彼女が倉田さんを見かけて……手伝ってくれないか、と」

さきほど渡された名刺の肩書には、「ハッピーコンパニオン派遣事務所　社長」とあった。

「コンパニオンの派遣事務所は、金沢に幾つもあるんですが、美加さんのところは彼女自身がその仕事をしてたのもあって、働きやすいって評判なんです。もちろん、仲居ということで応募してもらったので、気がすすまないなら断っていただいても全く問題ありません。接客業は向き不向きがありますから」

和田が「美加さん」と下の名前で呼んでいるということは、古い付き合いなのだろうか。

「倉田さんを見かけて、綺麗な人だなと思ったの。率直に言うと、仲居より、コンパニオンのほうが短時間で稼げます。お酒のお酌をしたり、お客さんと話したり、要は接客ですけど、嫌なことはしなくていいし、最近はそう無茶するお客さんもいないから、女の子たちはみんな気持ちよく働いてますよ」

口角をあげて笑顔を作り、美加がそう言った。ねばつくようなしゃべり方をする女だと圭子は思った。自分とは違う種類の女だ。

「でも、私、四十過ぎてて若くもないし……」

圭子は、そう口にした。「綺麗な人だ」と言われて、一瞬冗談かと思ったが、自分は今、かつての「圭子」の顔ではないのだ。

「すべてのお客様が若い女性を好むわけではないんですよ。もう今は、若いお客さんはコンパを呼ぶことはあまりないし、ある程度の年齢の男性たちは、若い娘は話が合わないっておっしゃいます。人生経験があり気が利く人材が欲しいんです。とはいえ、さきほど和田さんも言ってた通り、向き不向きがあるから、ダメなら遠慮なく断ってください」

スナックで少し働いていたことがあるとはいえ、自分は愛想がいいほうではないし、話だって上手くない。けれど、短時間で稼げるというのは確かに魅力的ではあった。実のところ布団の上げ下げを繰り返しているうちに、軽い腰痛になっていた。三年前にギックリ腰をしてから、重い物を持つと、痛みがしばらく続くことが何度かあった。これから忙しくなると聞いていたし、腰が痛くなり動けなくなったらという不安がある。

それでも、自分がコンパニオンなんて仕事をするのは、想像がつかない。男を喜ばせる仕事は、若い女にしかできないと思っていた。さわられたりもするのだろうか――と考えて、四十代後半の自分が何を怖がっているのかとも思う。

「すぐに返事をくれなくてもいいんですよ。コンパニオンって、セクハラされたり、エッチなイメージがあるかもしれませんけれど、今のご時世、いやらしいことなんてさせないし、きちんとした接客の仕事ですので、ご安心ください。お店のホステスと違って、同伴やノルマもないし、一期一会の仕事だから気楽ですよ」

そう言って、美加は組んだ脚を戻すが、笑顔は崩さないままだった。

こういう女は、以前なら一番苦手なタイプだった。女を売る女、男たちの欲望を受け止められる女――。苦手だと思い込んでいたのは、自分にはそれができなかったからだ。決して男に好かれる女ではないから、嫌われないようにといつも必死で、その結果、つけこまれ、なめられ、見下されていた。

でも、今は、私は「倉田沙世」なのだ。「綺麗な」女だ。

「やります」

倉田沙世なら、できるかもしれない――そう思うと、躊躇う暇もなく、口が動いた。

コンパニオンとして働くけれど、仕事に波もあるので、寮に住まわせてもらったまま、ときどき仲居の仕事も手伝う。そのシフト調整は和田と咲村美加の間でなされるという話でまとまった。

「今週末からお願いね」と、立ち去る前に美加に言われ、「やります」と口にしたことを一瞬後悔したが、もう後戻りもきかない。

そもそも自分はこれからどうする気なのかと、圭子は部屋に戻り横になって天井を見つめながら考えていた。

逃げてきたはいいが、いつまで逃げられるだろうか。捕まったらどうするのか。ときどき、事件の続報がないか検索するけれど、新しい情報は出てこない。警察は動いているはずなのに。世間の関心も薄いようだ。人がひとり殺されたといっても、珍しい話ではない。その背景に、世間が惹かれるもの——たとえば有名人であったり、大金持ちであったりすれば話題になるが、世の中には事件が溢れていて、一度ニュースになってもすぐに忘れられる。

とはいえ、慎吾には家族がいる。会社もある。彼が殺されたことで悲しんでいる人たちや、「容疑者」である自分を激しく憎む人たちもいるはずだ。

出頭して逮捕されたら、喜ばれるだろうか。あるいは、自ら命を絶てば、収まるか。

逃げるなんて、一番身勝手な行為だけど、そうせざるをえなかった。あのときは、逃げる以外、考えられなかった。

灯里はどうしているかと、インスタを検索する。

慎吾が死んだ日から更新が途絶えていたが、今日の朝、〈急な引っ越しやらでバタバタしてたので疲れて更新できませんでした。食欲もない日が続いたけれど、倒れちゃいけない！　って、昨夜はエネルギー補充のためにお肉です。心配してくれた友達のおごり。本当にこういうときって、友達の優しさが身に沁みます。引っ越しは大変だったけど、会社が近くなって通勤が楽なのはありがたいです〉と、焼き肉に箸を伸ばす写真をアップしているのを見て、ホッとした。

灯里を取り巻く状況を想像すると胸が痛むが、こうした形で日常を見せてくれると、心の底から安堵する。「心配してくれた友達」というのは、もしかしたら恋人のことかもしれない。インスタの焼き肉の写真をもう一度、見返す。灯里が子どもの頃は、生活に追われていて、こんないい肉なんて食べさせてやれなかった。ファミレスのハンバーグが精いっぱいだった。

箸を持った灯里の手をじっと見つめる。右手の甲によく見ないとわからないほどの小さな火傷の痕があった。小学生になったばかりの灯里が「お母さん、お手伝いする」と言い出して台所に立ったけれど、油が跳ねたことに驚きフライパンをひっくり返してしまい、その際に熱い油がかかって火傷した痕だ。幸いにも少しの怪我で済んだものの、今でも覚えているのは、痛くてたまらないはずなのに「大丈夫」と必死に我慢していた灯里の姿だ。

いろんなことを自分は灯里に耐えさせてきたのだろうと、あの傷痕を見る度に考えてしまう。灯里には、ずっと申し訳ないと思っていた。父親がいないことで、嫌な想いもさせた。灯里自身は、圭子に対して何も告げないけれど、祖母である自分の母に、「なんでお母さんは結婚してないのに子ども産んだのって、友達に聞かれて困った」と言っていたと聞いたことがある。男に捨てられただなんて、娘に言えるわけがない。灯里も本当はどう思っていたのかは知りようがない。こんな不甲斐ない自分の娘なのに、きちんと大学まで行き就職もしてくれたのは、奇跡のようだ。

実際のところ、母親の自分は追われているし、第一発見者となって通報したはずの灯里が警察に事情聴取をされているのは間違いない。まだ、報道では圭子の名前は出ていないにしても、様々なつらい出来事が灯里の身に降りかかっているかもしれないと思うと気がかりだった。

「引っ越し」とあるのは、あの家は慎吾の持ち家だから、彼の家族に追い出されたのだろう。会社の近くで通勤が楽ということは、都内だろうか。

灯里のインスタを見終わりスマホを置いた瞬間、通知音が鳴ったのでビクリとして身体を起こす。画面を見ると、鈴木からＬＩＮＥが届いていた。

〈お元気にされてますか〉

今、このスマホで「圭子」として連絡をとれるのは鈴木だけだ。それでも、今まで自分のほうからは連絡を控えていた。鈴木からも東京で別れて以来、初めてのメッセージだった。

〈元気です。無事に芦原温泉で働いています。鈴木さんのおかげです〉

〈よかった。せっかくなので楽しんでください〉

何を楽しむのか、これは第二の人生なのかと考えながら、圭子は再びスマホを置く。心配してくれるのはありがたいが、現実に戻ってしまう。

自分は顔を変えて逃げている殺人事件の容疑者なのだ、と。

「ぴったりじゃない、よかった」

美加がホッとした様子で、そう言った。

「十一号って、どうかなと思ったのよね。でもいい感じ」

圭子からしたら、身体に張り付くミニスカートのワンピースは、胸の形が露わになってしまって落ち着かない。ただ、胸だけは形がいいと、慎吾に褒められてもいた。顔やスタイルに自信はないけれど、確かに自分でも、胸だけは悪くないと思っていた。

「きつくない?」

「少し……」

「念のために十三号も持ってきたけど、それで十分よ。ちょっと鏡を見て」

フロントの奥にある仮眠室を借りて、コンパニオンの制服を合わせていた。圭子は姿見の前に立ち、自分の姿を眺める。

毎日見ているはずなのに、そこに映る女の姿にはまだ違和感があった。大きな二重の瞼、たるみのない頬、きつめのワンピースが胸を大きく見せてくれる。

「年を取ったら、少しムチムチのほうがいいのよ。痩せてると貧相で老けて見えるから」

美加がそう言った。

芦原に来てから、少しだけ太った。以前なら、このサイズでぴったりだったかもしれない。太ったのは、よく食べているからだ。それまでは、慎吾が「デブはだらしないから嫌いだ」と言い、少しでも肉がつくと「デブになったな」などとバカにするので、食べる量には気をつけていた。慎吾自身は食べることが好きで腹も出ていたのに、女にはそれを許さなかった。一緒に家でテレビを見ていても、太った女性タレントを見ると「デブで恥ずかしくねぇのかな、女捨ててんな。相手してくれる男いねぇだろ」と口にするので、肩身が狭かった。太った男のタレントには、何も言わないくせに。

それでも、鏡に映る女は、客観的に見て、悪くないと思う。ミニスカートなんて穿くのは十代以来だけど、「倉田沙世」にはよく似合う。

「年齢聞かれたらね、三十七歳って言いなさい。それで通用するわ。干支だけは気をつけてね。

探ってくるやつがいるから」

　また干支か、と圭子は笑いそうになる。鈴木から免許証や保険証を渡され、「四十三歳・倉田沙世」になったときも、干支のことを言われた。

　新たに年齢を偽るなんて面倒だが、自分という人間が複数いる気がして楽しくもなった。確かに今の自分なら三十代に見える。

「歳だけじゃない、何も本当のこと言わなくていいの。私たちは、一期一会の楽しい時間を提供するだけなんだから。名前も考えなくちゃね。本名でもいいけど」

「じゃあ、本名にします」

　これ以上、名前を増やすと、ボロが出る気がする。

「沙世、ね。名札作っておく。知り合いにばったりなんてことはないと思うわ。京阪神の、西から来るお客さんがほとんどだから」

　支配人の和田にも聞いていた。団体客は大阪や京都の会社の慰安旅行が多い、と。もっとも、社員旅行自体がだいぶ減ってしまった、どこも今はそんな余裕がないというのも和田が言っていた。

　圭子は西日本の地理には全く詳しくなかったが、大阪や京都からは特急電車で二時間ほどで来られるので、家族連れも来やすいのだと知った。

「そういうわけで、昔のように客は来ないんですよ。この辺のホテルも、幾つか廃業したし、買い取られたのもある。一泊二食付きで一万円しない、食事はすべてバイキングってやつにね。京阪神から直通のバスを走らせているから、お客さんは交通費も安くて楽に来られます」

和田はそうも言っていたが、嘆いている様子でもなかった。そのようなホテルチェーンが全国にあるのは圭子も知っていた。経営不振の温泉地の旅館が、次々にそのグループに買収されていることも。慎吾も家族旅行で利用して、「バイキングって楽でいいぞ」と、自慢していたのを覚えている。

「明日の夜から仕事してちょうだい。うちの事務所は金沢で、女の子たちもそっちに住んでる子が多いので、金沢から連れてきます。沙世ちゃんも、ここの旅館だけじゃなくて、よそにも行ってもらうから、それは理解してね。仕事については早めにＬＩＮＥする。あ、ごめんね、煙草一本吸ってくるから、その間に着替えておいて」

美加が仮眠室を出ていったので、圭子は制服を脱いで畳む。五分もしないうちに美加が戻ってくる。

「あと……大事な話、しておかないとね」

美加の声が、少し低くなった。

「コンパニオンの仕事って、二種類あってね。明日から沙世ちゃんにやってもらう、お客さんにお酌したり、おしゃべりの相手をしたり……それとは別に、『ハード』ってのがあるの」

「ハード？」

「いわゆるピンクコンパニオンてやつ。はっきり言うと、ちょっとエッチなことも要求されるかも。でも、もちろん、今のご時世、アウトなことはできないから、あくまで、ちょっとエッチって程度。風俗じゃないからね。旅館だって、昔と違って容認してくれない」

最初に和田と一緒に圭子を誘ってきたときには、「いやらしいことなんてさせないし」と言ったくせに話が違うではないかと苦笑しかけた。

「そっちのほうが確実にお金はいいの。でも、昔と違って今は需要も少なくなってるし、うちはあまり過激なことはやらせたくないの。よその事務所は、エグいことやってるところもあるけどね」

美加が眉を顰めながら言葉を続ける。

「とりあえず、それはまず働いてくれてからの話。慣れてきて、もし沙世ちゃんが望むなら、ハードの仕事にもつけるよってこと。嫌なら嫌でいい。どうしてもお金が欲しいって娘もいるから、話だけはしてるの。沙世ちゃん、離婚して住むところもないって、和田さんに聞いてたから、割のいい仕事のほうがいいんじゃないかなって思って」

なるほど、と圭子は納得した。電話で今すぐにでも働きたいと頼んで、翌日面接されて次の日から働き始めた自分を金に困っていると判断して、和田から美加へ話が行ったのかもしれない。それならそれで、親切でありがたいと感謝するべきなのか。

「明日だけど、最初だから団体さんじゃなくて、うちの子とふたりでお客さん六人の宴会についてもらうわね。慣れてるふりせずに、いつもの沙世ちゃんでやってくれたらいいから」

いつもの沙世ちゃん――この人に私の何がわかるのだと、圭子は笑いそうになるのを抑えた。

「アカリです」

美加の運転する車で連れられて来た若い女は、旅館のロビーで圭子に頭を下げた。

名乗られた瞬間、顔がこわばってしまったが、すぐに笑顔を作る。

アカリ――娘の名前と同じなので、動揺してしまったのだ。

ストレートで艶のある黒く長い髪の毛と、つけまつげとアイラインで大きく縁取られた目に丸顔、背は低いが、胸のふくらみが目立つ。美人というには、団子鼻が邪魔をしていたけれど、整った顔立ちよりも愛らしく感じる。

「アカリちゃんには、沙世ちゃんはじめてだからって話してあるから。私は待機してるから、よろしくね」

そう言うと、美加は玄関を出ていった。アカリはフロントに行き和田と何か話している。

「じゃあ、行きましょうか。部屋番号は四〇六、おじいちゃんのお坊さんたちみたいですよ」

「お坊さん?」

「お寺関係の集まりかな。結構、お坊さんの宴会、私たち呼ばれること多いんですよ。坊主って女好きが多いって、美加さんが言ってた」

アカリのあとを追って、圭子はエレベーターに乗る。

エレベーターを降りて、迷うことなくアカリは扉を開けると、「こんばんは」と声をかける。どうぞと声がしたので、「おじゃまします」と襖を開けた。十畳ほどの部屋に、坊主頭の年配の男たちが六人、浴衣姿でくつろいでいた。もう飲み始めたのか、顔が赤い。

「本日、お世話になります、アカリです」

正座して三つ指をつき、アカリが畳に付くぐらい深く頭を下げた。圭子も慌てて同じように、

「沙世です」と真似をする。

「おう、アカリちゃんと沙世ちゃんか。可愛い娘たちばかりやなぁ」

手前に座る赤ら顔の男が、こっちへおいでと手招きする。七十歳は超えているに違いない男たちの和やかな雰囲気に、圭子はホッとした。いきなりギラギラした男だったらどうしようと警戒心を抱いていたのだ。

彼らからしたら圭子は娘ほどの年齢で、アカリは孫のようなものだろう。

壁沿いにアカリはすすみ、ビールを注いでいる。

「今日はみなさん、どういった会なんですか？」

「ワシらな、五十年以上前に、同じ寺で修行してた坊さん仲間なんや。年取ってから、五年に一度ほど同窓会みたいなことするんや」

圭子も向かい側の男たちに酌をする。

「じゃあ、あちこちからいらっしゃったんですね」

「ワシとこいつは大阪、ひとりが京都、ひとり群馬で――」

「俺らはふたりとも奈良や。この年やと移動するのも大変やねんけど、普段は檀家や嫁がうるそぉて遊べへんから、この集まりが五年に一度の楽しみなんや」

一番太った赤ら顔の男がそう口にすると、他の男たちも笑った。

「沙世ちゃん、あんた幾つや」

隣の男に聞かれたので、「三十七歳です、おばさんでごめんなさい」と、ついつい余計なことまで言ってしまうが、なんで謝らなければいけないのだろうとも内心思った。

「ワシらからしたら、沙世ちゃんもアカリちゃんも若い娘や」

そう言って、男の手が膝の上に添えられたが、圭子は気づいていないふりをする。

「結婚はしとるんか？」

「いいえ、ずっと独身なんです」

「あんたみたいないい女が、もったいないなぁ。男がほっとけへんやろうに」

お世辞ではないのかもしれない。今、自分は「圭子」ではないのだから。

「アカリちゃんは、なんでこの仕事やっとるんや」

端にいた男が、聞いてきた。

「夢があるんです。私、家が貧乏で、大学行かせてもらえなかったんですけど、夢のためには資格をとらないといけなくて、学費稼ぐためにこの仕事してます。夜だけの仕事だと昼は勉強できるでしょ」

どこまでが本当なのか――美加が「本当のことなど言わなくていい」と言っていたのを思い出しながら圭子はアカリの話を聞いていたが、老人たちは「偉いなぁ」と、感心している。

「アカリちゃん、頑張ってるんやな。これ、少ないけど、チップや」

ひとりの男がバッグから千円札を出すと、「ありがとうございまーす！」と、アカリは明るく礼を言って、その千円札をポケットに入れる。

「ほら、沙世ちゃんにも」

アカリのおこぼれではあるが、沙世の目の前にも男が千円札を見せつけるように出してきたので、「ありがとうございます」とそのまま受け取る。

「そやそや、アカリちゃんと沙世ちゃんにも飲んでもらわな。ビールでええか」

「ありがとうございます」

そう言うと、アカリは外に出ていき、ビールを手にして戻ってきた。

「乾杯」

男たちに注がれたビールを手に、グラスを合わす。

「どこか観光もされるんですか」

アカリが話題をふる。

「今日はここ来る前に、東尋坊行ってきたで。明日は永平寺に寄って、そのまま帰る予定や」

「東尋坊、私行ったことないんです」

自殺の名所——浮かんだ言葉を口にするのを控えつつ、沙世は言った。

「こんな近くに住んでてもないんか」

「近くだからこそ行かないんですよ。私も今、金沢住んでるけど、兼六園行ったことないもん」

アカリがそう続けてくれる。

「そんなもんかもしれんなぁ。ワシ、大阪やけど、通天閣も、ほれ、最近できた、あべのハルカスいう高いビルも行ったことないわ」

男たちは日本酒に切り替えて、飲み続ける。食べ物は半分ほど残している。

アカリは男たちから話を引き出すのが上手く、それでいて踏み込むことはしない。若いのにしっかりしていると圭子は思った。

脳裏に灯里の顔が浮かんだ。年齢は同じぐらいだろう。

圭子の隣の男は、向かいの男が吐き出す妻の愚痴に頷きながら、圭子の膝上で指を動かす。

太ももの間を、男の指が行き来するが、不愉快ではなかった。

「ご飯来ました」

仲居が御櫃（おひつ）にいれたご飯を持ってきて、茶わんに盛り、男たちの前に置く。

「すいません、もうそろそろ時間なんです」

アカリがそう言って、圭子は驚いた。二時間の約束だったが、もうそんなに経っていたのか。

「名残惜しいなぁ。また会いたいわぁ」

アカリの隣にいた男が、勢いに任せてアカリの肩を抱き、頬を近づけ、唇を尖らせキスする仕草をした。

「やめときや。セクハラやって、訴えられるで。今のご時世、うるさいからなぁ。こっちは好意を持ってるのに、すぐセクハラやって騒がれるからなぁ。坊主がセクハラって、ニュースになってまうわ」

圭子の隣の男は、そう言いながらも、圭子の膝から手を離さない。指先には汗がにじんでいる。その指先が、スカートの奥にも這おうとしているのに気づいていた。「ではそろそろ」と、アカリが腰を上げたので、圭子も男の手から逃れるように立ち上がる。

ふたりで最初にやったように、入口のところで正座して「ありがとうございました」と、深く頭を下げる。

「おおきに、また会いに来るで！」

と男たちが拍手で送ってくれるのを背に、部屋を出た。

エレベーターでロビーに戻ると、美加が立っていた。

「お疲れ様。どうだった」

美加にそう問われたが、どう答えればいいかわからない。

「沙世さん、問題なく接客されていましたし、私もやりやすかったです。お客さんも、いいおじいちゃんばかりでした」

代わりに、なのかアカリがそう答えてくれた。

「よかった。じゃあ、私はアカリちゃんを送って金沢に帰ります。また連絡するからね、とにかく今日はお疲れ様」

美加は去り際、「これ、あげる」と、圭子に小さな包みを渡す。

包みには羽二重餅、とあった。福井県の銘菓だ。

「甘いものでも食べて、休みなさい」

そう言って、アカリを従えるように、高いヒールの靴のまま、玄関から出ていった。

圭子は寮に戻ると、美加にもらった羽二重餅を口にする。誰かのお土産で食べたことがあるが、もうずいぶん昔の話だ。

甘さが控えめで、柔らかい。甘いものが沁みて、ずいぶん気が張っていたのだと気づいた。

膝の上に、老人が指を這わせた感触が残っている。

あの男は、私に欲望を抱いていたのだ――今さらながら、そんなことに思い当たった。私は今までの冴えないおばさんではない、男の気を惹き、欲情させることもできる女なのだ。その気になれば、女を武器に使える――。

翌日は、再び仲居の仕事だった。和田が言っていたように、大阪から来た中国人の若い女が四人アルバイトに入っていた。派遣会社から短期でよこされたとのことだった。自分がコンパニオンのほうに回されたのは、和田の気遣いだと思っていたが、やはり肉体労働は若い娘のほうが頼みやすいので、人手が足りることになった時点で、美加と利害が一致したのだろう。

それならそれでかまわないし、美加の言うとおり短時間で稼げるのはありがたい。それに、昨夜の宴席は、膝をさわられはしたが、全く嫌ではなかった。むしろ楽しかった。アカリのおかげもあって緊張も解きほぐれたし、客から話題を引き出す流れも勉強になった。

週末は毎回コンパニオンの仕事が入った。五十人の団体客の宴席にもついたが、コンパニオンも十人来ていて、自己紹介もままならず、とにかく酌をし話の相手をするだけで手一杯だった。地元の議員の後援会の集まりとかで、女性もいたし、幹事の人が宴会を仕切り、すぐに時間が過ぎた。

その場にはアカリもいて、「沙世さん、よろしくお願いします」と丁寧に頭を下げられた。そうしないといけないのは新人の自分のほうなのに。

「今日は、コンパちゃんたくさん来てるんで、金沢からの移動も賑やかで眠れませんでした」

「コンパちゃん?」

圭子は、つい、笑ってしまった。

「ホテルの人は、コンパさんて言うんですけどね、私たちはコンパちゃんて言ってます。可愛いでしょ」

その日、アカリたちをワゴン車に乗せて連れてきたのは、美加ではなかった。「菊池(きくち)です」

と、黄色のトレーナーとダメージジーンズを身に着けた、金髪で細身の若い男が愛想のない挨拶をしてきた。美加の会社で働くドライバーらしい。目が細く、頬にはニキビ痕が残っている。

　コンパニオンは、アカリのような若い娘もいれば、自分と同世代であろう女もいた。とりわけ美人でなくても、化粧をきちんとして髪の毛をととのえ、ミニスカートのワンピースを身にまとえば、「コンパちゃん」らしくなる。

　どうやら芦原に住んでいるのは自分だけのようだ。

　早めに着いたので、ロビーで待っている間に、またアカリと話ができた。

「沙世さん、どうですか、仕事少しは慣れましたか」

　気を使っているのか、アカリにそう聞かれた。

「おかげさまで……自分にこんな仕事できるのかって心配してたけど、今のところ大丈夫です」

「うちの事務所、働きやすいと思うんですよ。特にこの旅館は、私たちコンパちゃんに対しても偉そうな従業員はいないし。美加さんがもともとここで働いていたからなんですけどね」

「芦原の、この旅館で？」

「コンパニオンを一回引退して、ここのフロントで働いてたけど辞めて、会社を立ち上げたんです。だから、うちの事務所、よく使ってくれるんですよ。和田さんとは長い付き合いらしくて、よそでは、美加さんのことよく言わない人もいます、枕営業、とか。多分、そのうち沙世さんの耳にも、そういうの入ってくるけど、気にしないでください、やっかみだから。でも見た感じ、今は仕事だけのお付き合いだと思うんですよね」

アカリにそう言われて、和田が「美加さん」と、下の名前で呼んでいたのを思い出した。

もしかして、自分が旅館の寮に住みながらコンパニオンをできているのも、美加の会社だから和田が優遇してくれているのかもしれない。


カーテンが薄いので、日差しが強い朝は、太陽の光で目が覚めてしまう。

それでも昨夜は、翌日が休みだからという安心感で、宴会のあとたっぷり温泉につかったおかげもあるのか、よく眠れた。

布団の中で、圭子は今日はどう過ごそうかと考えた。寮住まいで食事がついているのはなんて楽なんだろう。家事をしなくていい。以前は、日曜日だけが休日だったが、部屋の掃除と食料の買い出しで半日が終わってしまった。だらしないのは慎吾が嫌がった。今、考えると、自分はいい暮らしをさせてもらっているつもりだったが、それと引き換えに、様々なことを我慢させられていたのだと気づく。つまりは、飼われていたのだ。

芦原に来て、一ヶ月が過ぎていた。出歩く余裕もなかったが、せっかくなのだからどこかに行ってみようか。誰も咎める者などいない。知り合いに出会うこともないし、すれ違ってもわからないはずだ、私は「倉田沙世」なのだから。

布団の中から手を伸ばして、昨夜旅館のロビーからもらってきた福井の観光パンフレットを開く。

東尋坊。

最初に目に飛び込んできたのが、その文字だった。コンパニオンの仕事で、最初についた坊主たちが観光したと言っていた場所。行ったことはなかったが、自殺の名所と呼ばれていることだけは知っていたので、心に残っていた。

どんな場所なのだろう。そこには死にたい人間を引き寄せる何かがあるのだろうか——。

いつまで続くかわからない逃亡生活で、捕まるぐらいなら、死んだほうがいいかもしれないと考えることもある。

布団から出た。少し肌寒いけれど、ここで一日中布団の中にいるほうが、よからぬことを考えてしまいそうだ。

顔を洗おうと、スリッパを履いて部屋を出る。圭子の部屋は四階で、階段の真横に洗面所とトイレがあった。同じ階にいるのは、中国人のアルバイトの女の子たちだけだ。古い寮なのでエレベーターがない。年配の従業員たちは階段を上がるのを嫌がるとかで、一階と二階に住んでいた。三階の部屋は少し広いらしく、子ども連れの女たちが何組かいると聞いた。屋上に物干しがあるが、そちらも圭子やバイトの子たちしか使わず、一階や二階の住人達は部屋のベランダに干しているのを見た。古いといっても、冷暖房もあるし不便さは全くない。同じ階の中国人の娘たちが、楽しそうに廊下で話しているのをたまに見かけるが、圭子には関心がなさそうだった。それでも今の自分は多額の現金を手元に持っている。トイレや洗面所に行く際にも必ず部屋に鍵はかけていた。

結局、バスに乗り込み東尋坊に向かった。バスには女性ふたり組と、子連れの男女が乗っている。観光客だろう。

芦原の温泉街を離れ、田園地帯を通り、思ったよりも早く東尋坊に着いた。圭子はバスを降りて、目の前の道を歩く。一本道の両脇に店がある。

駐車場に大型観光バスが何台か停まっていて、バスガイドが旗を持って団体客を誘導している。拍子抜けした。自殺の名所と言われるぐらいだから、もっとおどろおどろしいところかと思っていたら、賑やかな観光地だ。平日ではあったけれど、人の姿は結構あった。

道の両脇の店は、海産物を売っているところが多かった。店頭で、ホタテやイカを焼いているのも見かけた。

朝から何も食べていなかったが、目的地まで行こうと圭子は歩く。途中、「東尋坊タワー」と書かれた看板があった。タワーというほどには高くない。素通りして、歩き続ける。突き当りの向こうには海が広がり、下りの階段があった。おそるおそる階段を下りると、空と海が広がっている。自分が生まれた宮津の海岸沿いで、こんな光景を見たことがあった気がする。快晴で、雲ひとつない。この天気の良さでは日焼け止めを塗っていても焼けてしまいそうだと後悔した。

東尋坊には自殺防止のための電話ボックスがあると聞いたことがあるが、見渡した限りはそんな様子はない。

圭子は海のほうへ近づいていく。

「うわっ」

と、思わず声が出た。

眼下には険しく尖った石の崖があった。何メートルあるのだろう、海からは相当な高さだ。

ここが自殺の名所だと聞いたとき、海に飛び込んで果たしてどれぐらいの確率で死ねるのかと疑問に思っていた。そのまままっすぐ海に落ちればいいけれど、この尖った石にぶつかってしまえば大怪我を負うだろう。

痛そうだ。海に落ちるにせよ、崖の断面に身体がぶつかるにせよ、楽な死に方ではない。それに、一息で死ねそうには見えない。水を飲み溺れるか、痛みにのたうちまわるか、息が絶えるまでの時間は間違いなく苦しみ続ける。

慎吾は一瞬で死んで楽だったのではないかと、冷たくなった男の顔を思い出す。自分で死ぬよりも、殺されるほうが楽ではないか。いや、それは殺され方にもよる。慎吾は多分、階段から突き落とされる直前まで自分が死ぬなんて思ってもみなかったから、恐怖もなかったはずだ。

見ていると、海に吸い込まれそうになる――圭子は自分の身体が揺れているのに気づいた。まるで見えないものに手招きされているようだ。この海と、亡くなった人間たちが仲間を導こうとしているのだろうか。

このまま死んだらどうなるか。

まだ駄目だ、死んではいけない――と、我に返り、大きく息を吐いて、崖に背を向ける。

せっかく逃げられたのだから――。

いつでも死ねる。ここに来れば、いつでも死ねるのだ。

崖に背を向けてはみたけれど、海の向こうに自分を導こうとしている者がいる気がした。

それは慎吾なのか、誰なのか。

「ちょっと、お嬢さん」

崖から離れ、階段を上がろうとしていると、そう声をかけられた。

最初は自分のことだと思わなかったが、肩を叩かれ、振り返る。

「ごめんね、声かけちゃって」

女がいた。背の高い女で、冬だが大きなサングラスをしている。ダウンジャケットの下は緑のニットのワンピースだ。長い髪を結い上げていて、化粧気はない。

どこかで見たことがある——そんな気がしたが、思い出せない。

「芦原の人でしょ。ほんとごめんなさいね、お嬢さん、思いつめた顔してたから、つい心配になって」

「大丈夫です」

そんなつもりはなかったのにと、圭子は戸惑う。

「まっすぐ崖のほうに歩いていくし、なんだか気になってね。だけど引き返してくれたからホッとして……でもつい、声かけちゃった。私、お嬢さんと一度、会ってるの」

そう言われて、思い出した。緑のニットのワンピース……芦原に来た最初の日に、屋台村で海鮮の店に入ったときに、カウンターにいた女だ。魚の天ぷらをおすそ分けしてくれた。

店主が、「あの人、踊り子さんなんですよ」と言っていた女だ。

「こういう場所だから、女ひとりで思いつめた顔した人がいたら、どうもほっとけなくて……あ、名刺渡すわね」

そう言って女は、ハンドバッグの中から名刺を取り出す。

そこには「踊り子　雪(ゆき)レイラ」とあった。住所はないが、電話番号とメールアドレス、ＨＰ

らしきアドレスも記してある。名刺の裏には、赤い着物を纏ってライトに照らされポーズをつけた女の写真が印刷されていた。

「冬はだいたい、芦原の劇場で踊ってるから。一度、観に来て。最近は女性客も多くて健全だし、楽しめるよ」

レイラという女がサングラスを外す。目じりに皺がありシミも浮き出て、それなりの年齢だというのはわかった。

「……行きます」

なぜ、そう答えたのかわからない。ストリップなんて、もちろん観たことがないが、目の前の女に対して、気にかけてくれたありがたさがあった。

「よかった。芦原で働いてるの？」

「花やぎ旅館の寮にいて……コンパニオンや、仲居の仕事をしてます」

「じゃあ、劇場と近いわ。昔はあそこのホテルに出張もしてたの。今はそんな景気のいい仕事はないけどね」

ストリッパーの「出張」なんてはじめて聞いた。客の前で裸を披露するのだろうか。

「じゃあ、本当に遊びに来てね。楽しいよ、絶対。ひとりでも怖くないしね。私、今晩も踊るから。お嬢さん、まだ若いんだから、早まっちゃだめよ」

レイラはそう言って、圭子の手を握った。

知らない女にこんなふうに情をかけられるなんて、以前だったら不審に思うだろうが、なぜか嫌ではなかった。

ヒールの高いブーツで階段をあがっていき、レイラが姿を消す。

圭子は自分がレイラに名前を名乗っていないことに気づいた。

死のうとしている人間の顔をしていたのだろうか——圭子は両手で顔を押さえる。

自分がどんな表情をしていたのか、想像もつかない。まだこの顔に慣れないままなので、表情のコントロールもできない。

階段を上り、土産物屋が並ぶ道に戻る。帰りのバスまでは、まだ一時間ほどあるので、時間をつぶそう。

歩きはじめると、イカを焼いた匂いに包まれて、激しい空腹を感じた。朝から何も食べていない。ここで食べて帰ろうと、圭子は両脇の店を眺めながら歩く。海鮮丼、トンカツ、天ぷら……どこの店もそう変わり映えしないので、目移りがする。あまり遠くに行ってもしょうがない。客引きがいない店の扉を開ける。

昼食の時間は過ぎている。先客はふたりしかいない。

奥の席に座り、テーブルの上のメニューを開く。ウニや蟹、いくらなどが乗ったものは三千円以上するので、手を出す気にはなれない。ひとりでそんな高い食事をしたことはなかった。とはいえ、目の前に並ぶ魚のメニュー写真が美味そうで、千七百円の「本日のおすすめ海鮮丼」を注文する。これでも今までの自分の生活を考えると、贅沢な値段だ。

スマホを取り出し、「雪レイラ」を検索する。一番上に出てきたＨＰを開くと、名刺にあった写真と同じ化粧を施し赤い着物を纏った女が現れた。化粧と衣装で、女はこんなに変われるのだと感心したが、自分もそうだろう。

プロフィールの生年月日を計算すると、今、三十五歳ということになる。自分の実年齢と同じぐらいかと思っていたら、ずっと若い。ただし、プロフィールに本当のことを書いているとは限らない。

次にスマホで「東尋坊」を検索した。名前の由来が気になっていたのだ。

——昔、平泉寺（へいせんじ）に東尋坊という乱暴な僧がいて、美しい姫君に心を奪われた。扱いに困り果てた平泉寺の僧たちは、東尋坊を海辺見物に誘い出し、酒に酔った東尋坊がうたた寝を始めたところを、恋敵であった僧が断崖絶壁に突き落として殺したという——東尋坊が落ちた海は、その後、四十九日間荒れ狂ったとも書いてあった。

ここが自殺の名所となったのは、殺された僧が呼び込んでいるからだろうか——。

「お待たせ」

予想していたよりも大きな丼の上に、鮭、イカ、鯛、海老などが乗った海鮮丼と、みそ汁とたくあんのセットが置かれた。口の中に唾液が溢れてくる。ワサビを醬油に溶かしてかけて、箸をつけた。

鯛を口にいれる。柔らかくて美味い。芦原に来てから、びっくりするような値段で美味しい魚が食べられるのを知った。コンパニオンの仕事の際は食べられないけれど、客の前に出される料理も美味そうだ。

こうして食べ物が美味しいと喜んでいるうちは、自分は死なない気がする。

バスで芦原温泉に戻り寮の部屋に帰る。明日からは続けてコンパニオンの仕事が入っているので、夜は忙しくなるだろう。芦原以外の場所にも行ってもらうことになると美加からＬＩＮＥが来ていた。

それならばと、圭子は再びコートを着て化粧を直し、寮を出た。

場所は知っていた。最初にここに来たときに入った屋台村のすぐそばだ。

「あわらミュージック劇場」という看板は、昼間は目立たないけれど、夜は光を発しているから、見つけやすい。北陸で唯一残るストリップ劇場は、二階建ての建物だった。壁際には「出演中」と書かれた踊り子たちの写真が貼ってある。

雪レイラの写真もあったが、自分が昼間会った女とは別人のように化粧が施してある。

ストリップ劇場にこんなおばさんが来ていいものだろうかと迷ったが、「最近は女性客も多い」というレイラの言葉を思い出し、受付の前に立つ。

「はい、四千円。次からは、このカード見せてくれたら安くなるよ」

窓口の男は、抑揚のない声でチケットとカードを渡してきた。じろじろと見られたらどうしようかという心配は杞憂だった。

入口に「携帯電話は使用ＮＧです」と書かれていた。慌ててスマホの電源を切る。

扉を開けると、思ったより中は広く、まじまじと見渡してしまった。中央にせりだす花道がある。舞台も客席も二階があって、すでに席の三分の一は埋まっている。

確かに女性客もちらほら見かける。カップルで来ている者もいた。圭子は一番うしろの席に座る。

照明が消え、アナウンスが流れ、「花のトップステージを飾るのは、雪レイラさんです」の声と共に灯りがつく。舞台上に真っ白な孔雀を連想させる羽のついた純白のドレスを着たレイラが立っていた。

音楽に合わせ、レイラがゆっくりと身体を動かす。

聞いたことはあるが、曲名が思い出せない、クラシックの曲だ。

ブルーのスポットライトを浴びたレイラは遠くを見つめながら花道を歩き盆にたどり着く。

軽快な音楽に変わると、レイラは笑みを浮かべ、ステップを踏みながら、ダンスをはじめる。リズムに合わせてシャンシャンと音がして、ふと場内の壁側を見ると、タンバリンを叩いている男の姿が見えた。途中でレイラは、羽を床に落とし、足元まで膨らんだスカートも脱ぐ。筋肉のついた長い脚が露わになった。

客席に背を向けて舞台に戻ると、レイラは一度脇に隠れるが、透けた赤い地の襦袢(じゅばん)を纏い、くるくるとまるで氷の上を舞うように回転しながら盆に来る。

透けた襦袢から、小ぶりの乳房が見えた。レイラはスローな曲に合わせて、盆に寝そべり、口を半開きにして目を閉じながら、大きく脚を上げ、Vの字に開く。

同性の裸なんて、銭湯かネットの画像でしか見たことはないし、しかもこんなふうに股間を強調するポーズをとる女を生で見るのは、はじめてだ。最初は気恥ずかしくもあったが、周りにいる客たちが見入っていたので、誰も私のことなど気にしていないのだと思い直し、まっすぐ舞台を見つめた。

レイラは寝そべったまま、右手を両脚のつけ根に添え、指を動かして悩ましげな表情を作る。

綺麗だ、と圭子も見入っていた。いやらしいことをしているはずなのに、美しいとしか言いようがない。こんなに大勢の人の前で、若くない女が肌を晒していることが、ひどく崇高な行為のように思えた。

観客は薄い襦袢を纏って自分の身体を慈しむレイラに魅せられている。

一瞬照明が消え、圭子は息を吐いた。すぐさま場内のすべての灯りが、いつのまにか立ち上がり、堂々と両手を高く掲げて笑みを浮かべるレイラに光を当てる。

レイラは透けた赤い襦袢を羽のようにひらひらとはためかせて、舞台に戻り、深くお辞儀をすると、「ありがとうございました！」と大きな声を出し、再び照明が消えると、大きな拍手が湧いた。

「ポラロイド撮影の時間です。一枚千円――」

アナウンスと共に場内が明るくなり、しばらくすると舞台の向かって右側に下着姿のレイラが現れた。舞台の端に座るレイラの前には、十人ほど列が出来て、一緒に写真を撮り、差し入れを渡しているらしき人もいた。

ストリップとは、踊るだけではなく、こういう時間もあるのか。それにしても、イメージしたものとは全く違った。もっといかがわしく、最初から踊り子が裸を見せつけるようなものだと思っていたが、まるでひとつの芝居を観ているかのような感覚だ。何よりも、美しい。もちろん、若くて完璧な肉体というわけではないし、化粧映えはするけれどとびきり美人というわけでもないのに、舞台で裸になるレイラを見ている間、なんて美しいのだろうという感動が芽生えた。

圭子は席を立ち、列の一番後ろに並ぶ。

「あら、お嬢さん。来てくれてありがとう」

圭子の姿を見て、レイラがそう口にした。

他の客がしていたように、圭子はレイラに千円札を渡す。

「……綺麗でした」

思うことは溢れていたが、それだけ口にできた。

「ありがとう。もう五十前のおばちゃんにしては、よく動くでしょ。あ、プロフィールは三十代になってるから、こんなこと言っちゃダメか。本当は四十六なのよ。ストリップは、はじめて?」

「はい」

自分と同い年だったのか、と圭子は驚きを隠せなかった。

「それは嬉しいな。写真、一緒に撮る?」

「いえ……」

「せっかくだから、一緒に撮ろうよ。誰かシャッターお願いします」

レイラは舞台の上で座ったまま強引に圭子の肩を抱き、前を向かせ、うしろから抱きしめるようなポーズになる。写真を撮られることに躊躇いはあったが、拒否するほうが不審がられる気もしたし、データの残らないポラロイドだから大丈夫だと自分に言い聞かせた。うしろに並んでいた男がカメラを受け取る。その男が、さきほど壁際に立ち、タンバリンを叩いていた男だというのにはすぐに気づいた。レイラが、「ありがとう、ヒロさん」と、男に声をかけると、男がシャッターを押し、ポラロイドカメラから出てきた写真を、レイラに渡す。

「もう帰っちゃう？　次の回もいる？」

「あ、今日はこれで……」

「じゃあ、写真はそのまま渡すね。勇気を出して観に来てくれて、ありがとう」

そう言って、レイラは舞台から降りて、圭子の背に両腕をまわし、ぎゅっと抱きしめた。

レイラの身体は汗ばんでいたが、それが全く嫌ではない。それよりも、女の人にこんなふうに抱きしめられたことに驚き、ぽっと小さな灯りがついたかのように身体の奥が温かくなり、涙がこみ上げてくる。悲しいなんて思っていないのに、目が潤む。

「また来てね」

レイラの言葉に、頭を下げるだけで精一杯だった。

自分と同い年の女が、すべてをさらけ出して踊り、観客が喜び拍手をする——不思議な空間だった。

圭子はポラロイド写真を手にしたまま、その場から立ち去る。なぜか心がざわめいてひとりになりたかった。

外に出ると、ぶるぶるっと震える。急に気温が下がったのか。

レイラに抱きしめられたときの、泣きそうになった感触は、部屋に帰ってからも、消えなかった。

3

男の背中を包み込むように両手をまわすと、「よかった」と、自然に口に出た。

「何がよかったんですか」

「また会えて、よかったと思ったんです」

「僕もです」

鈴木は圭子の首筋に顔を埋め、舌先を押し付ける。「あっ」と自然に声が漏れた。

「圭子さんは、いい声で鳴きますね。最初からそう思っていました。だからこちらも頑張って、悦ばせようという気になる」

鈴木がいったん顔を離して、今度は唇が塞がれる。圭子は自分から舌をねじ込み、からませた。ホテルの部屋に入ってシャワーを浴び、ベッドに横になってから十分も経っていないのに、キスと、軽く身体を触れられるだけで、自分が潤っているのがわかった。

今すぐ挿れて欲しい――そう口にしようかとも思ったが、せっかくの逢瀬なので、長く楽しみたかった。

唇を合わせては離しを繰り返しながら、鈴木の指先は圭子の身体をなぞるように下に降りてゆく。処理をしていない繁みをかき分け、一番敏感なところは避けて、両脚の間にたどり着く。

「嬉しいです。圭子さんが、こうして悦んでくれていて」

鈴木は何度セックスしても、敬語を崩さない。呼び方が、最初に圭子がサイトで名乗っていた「ケイさん」から、「圭子さん」に変わったぐらいだ。圭子のほうも敬語で通していた。傍から聞いていたら、よそよそしいように思えるかもしれないけれど、丁寧な愛撫と、どうしたら気持ちいいかをお互いに確認しながらする敬語のセックスに、圭子は今までの男とは比べものにならないほど欲情した。

鈴木とセックスしてわかったのは、自分が今までずっとセックスの最中にまで男の機嫌を伺っていたことだ。嫌われないように、喜ばせるようにと常に考え、自分の快感に没頭できずにいた。鈴木と出会ってはじめて、セックスなんて、考えながらやるものじゃないと気づいた。

「圭子さん、じっくり見せてください」

鈴木が身体をずらし、圭子の両脚の奥に顔を寄せる。

「恥ずかしい……」

「ならよかった。感じてくれてるってことだから」

慎吾がここをきちんと舐めてくれたのは、最初の半年だけだった。慎吾の持ち家に住むようになってからは、釣った魚に餌はやらないつもりなのか、自分のは必ず咥えさせるくせに、圭子の性器に口をつけることは滅多になくなった。

だから鈴木とはじめて会って、丁寧に舌で撫でられたときに、自分でも驚くほど大きな声を出してしまったのだ。

「鈴木さんに見られていると恥ずかしい……」

こんな若くて美しい顔の男の前に、股間を開いていいのだろうか——そう思うだけで下腹部の熱が高まっていくのを感じた。


鈴木と会ったのは、金沢のホテルだ。〈久しぶりに会いましょう、芦原まで行きます〉とメッセージが入ったのだが、芦原で会うのは人目につく。金沢なら芦原よりは都会だから人に紛れられると、待ち合わせを金沢駅に決め、ビジネスホテルのデイユースプランを予約して会うことにした。

「少し太ったけど、気づきました?」

ベッドの中で息を整えてから、圭子はそう聞いた。

「いえ、全くわかりませんよ。でも、圭子さん、血色がいいというか、腕とか首筋とか……肌がつやつやかになった気はします」

鈴木が圭子に腕枕をしながら答えた。鈴木の性器はもうしぼんではいるが、圭子はつい軽くつつみこむように触れてしまう。自分の中で動いていたものが、愛おしい。

「日本海の傍だから、魚介類も野菜もお米も美味しいんです。たまにお客さんからお菓子をもらったりもするので、自分でも卑しいと思うのですが、食べてしまって」

「卑しいことなんて、ないでしょう。美味しいものを食べるのに卑屈になる必要なんかないですよ」

鈴木はいつも、圭子を肯定してくれる。けれど、「優しい」という言葉を使っていいのか、わからない。

「元気そうでよかったです。でも、気をつけてくださいね。警察はあなたを探していますから。位置情報と通話記録から、僕が以前使っていたスマホにたどり着いたようです」

圭子の胸の鼓動が速まり、温まっていた指先が急激に冷える。自分のスマホは家を出たときに壊しているが、記録は残っているのだ。

「でも、大丈夫です。あのスマホはもう使っていないし、もともと飛ばしのやつです。警察が僕のところに来ることはないでしょう」

そうだ、「鈴木太郎」が何者なのかは、私自身も知らないのだと、圭子は今さらながら気づかされる。

「歌舞伎町には、いろんなところから、名前を変え、顔を変え、逃げてきている人たちがたくさんいます。それを受け入れてくれる場所だ」

鈴木はそう言って、安心させようとしたのか、圭子の唇に自分の唇を軽く触れさせた。舌の入らない、柔らかいキスだ。

「鈴木さん、本当にありがとうございます。私、臆病で弱い人間だから、助けられています」

　キスの安心感のせいか、圭子はそう口にした。

「私、ひとりじゃ生きていけない人間で……」

「何を言っているんですか」

　鈴木が圭子の言葉を阻む。

「圭子さん、本当に自分のことをそう思っているんですか？　臆病な人間が、僕みたいなのと付き合いませんよ。弱い人間は、警察から逃げたりもできない。あなた自分のことをわかっていないんですか？　それとも弱者を装っているんですかね」

　鈴木は笑みを浮かべているけれど、言葉は冷たい。

「逃げて、別人として新しい場所に順応して……あなたはひとりじゃ生きていけない人間なんかじゃないですよ。どうして自分を弱者だと思えるんですか？　弱者って、弱者であるから人を利用するし、自分が被害者だと思うから、社会や他人に責任転嫁するんですよね」

　声は穏やかだが、鈴木の言葉が刺さる。

「世の中には、そんな人間が、たくさんいます。僕の知り合いにね、手首が傷だらけの女の子、たくさんいるんですよ。ああいうの見る度に、反吐が出ます。死ぬ死ぬって人を脅して、都合よく振り回す甘えた娘たち。あんな娘たちよりもずっと僕のほうが弱くて、いつ死ぬかわからない、いいえ、いつ死んだっていいと思っているんですよ。でも死ぬなら、自傷行為なんてせずに、間違いなく自分の死刑を遂行します……そろそろ出ないと」

　そう言って、鈴木が身体を起こす。

辛辣な物言いなのに、鈴木は笑顔のままだった。けれどそこに喜びの感情は、どうしても見えない。

それぞれシャワーを浴びて、無言で服を身に着けた。

身体はすっかり冷えていた。鈴木の言葉に突き放された気がしたが、そもそも自分たちは恋人同士でもない。何も期待してはいけない関係ではないか。肌を合わせて気が緩んでしまった自分を鈴木はきつい言葉で戒めたのだ——そう思うことにして心を落ち着ける。

浮かんだのは慎吾の顔だった。自分は慎吾に支配されていると思っていたけれど、本当のところは圭子のほうが最初に「可哀そうなシングルマザー」だと慎吾の親切心につけこんだのかもしれない、と。そうして、慎吾はそのときの義理で、ずっと自分たち親子の面倒を見てくれていたのだ。

慎吾との生活から本気で逃れようとすれば、できたはずだ。でもそれをしなかったのは圭子自身だ。支配されているほうが楽だったから、そのままでいた。

慎吾は鈴木と違って情を自分に注いでくれていたし、出会った頃は愛し合っていたとは思っている。そう考えると、ふと慎吾がもうこの世にいないことが、ひどく寂しい気もした。慎吾が死んだのは自分のせいなのだから、自分でも矛盾しているとは思うが、悲しみという感情も自分の中に存在していたのに気づく。

「圭子さん、忘れないうちに……」

鈴木がそう口にしたので、圭子は「はい」と返事をして、鞄の中から封筒に入れた十万円を鈴木に手渡す。

久しぶりに会いましょう――鈴木から連絡があったときは心が躍ったし、淡々と「圭子さんも芦原で落ち着いて働いているようですし、いくらか用意してください。これからも何かあればお手伝いしますから、その代金です」と言われたときも、驚きはしなかった。逃亡の手助けをしてくれたのだ。最初から愛などない関係なのだから、金を要求されるほうが納得がいく。自分と関わることには鈴木だってリスクがあるのだから。

「ありがとうございます。何かあったら、また連絡ください」

鈴木はそう言って、封筒を仕舞った。

自分は男を金で買っているのだ――ふとそんな想いがよぎったが、この金は、セックスではなく、逃げる手伝いに対してのものだと圭子は自分に言い聞かせる。

ホテルの代金も、圭子が払った。東京で会っていたときはいつも割り勘だったけれど、「わざわざ遠くまで来てくれてるから」と、財布から金を取り出した。鈴木も何も言わなかった。

ふたりはホテルを出て、「じゃあ」とだけ声をかけあい別々の方向に行く。

また会いましょう、お元気で――そんな言葉はお互いかけなかった。

自分の死刑を遂行――鈴木の言葉が、芦原に向かう電車の中でぐるぐるまわっている。自殺、ではなく、どうして鈴木はそのような言い方をしたのだろう。

自分が知っているのは彼の顔と身体だけで、どういう人間なのか全くわかっていないのだと改めて思った。

「昼間はどこ行ってたの?」

レイラが日本酒を圭子の盃に注ぎながら聞いてくる。

「金沢に友人が来てくれて、ご飯食べました。それだけです」

「あら、ご飯だけ？　兼六園とか、見るところいっぱいあるのに」

「いつでも行けるかなって思って。観光はまたの楽しみにとっておきます」

「特急に乗ったらすぐだもんね。そういう私も、ゆっくり金沢観光ってしたことないな」

目の前に出されたおでんの皿に盛られた具を、レイラは箸で丁寧に半分に切っていく。

ふたりは芦原の屋台村の店にいた。最初にレイラと出会った、海鮮の店だ。

三日前、コンビニにいるところをレイラに声をかけられた。最初に会ったときと同じ、化粧気のない、年齢相応の顔だった。狭い町だし店の数も限られている。こうしてばったり会うことには何の不思議もない。

「今度軽く飲まない？　あと、名前聞いてなかったよね」

と、聞かれ、断わる理由が思い浮かばずに、休みの日と、「倉田沙世」という名前を答え、LINEのIDをレイラの差し出した手帳に書いた。

レイラも今はオフなのだと聞いた。ストリッパーというのは、基本的に十日ごとに全国の劇場をまわるらしい。

　店に入るなり、レイラがおでんの盛り合わせと日本酒を注文した。切り分けた大根を圭子の皿に盛ってくれる。

「でも、私はここが居心地がいいし、劇場の人も家族みたいになっちゃって、もうほとんど芦原に居ついてるの。実家は北海道だけど、何かない限り帰らない。若い頃、離婚した際に慰謝料代わりにもらったマンションの部屋が東京にあるんだけど、荷物置き場になってる」

早い時間のせいか、客はレイラと圭子だけだ。店にはおでんの香りが広がっている。

「離婚、されてるんですか」

どこまで踏み込んでいいのかと探りながら、圭子は聞く。

「高校を卒業して、東京に働きに出て、職場で知り合った男と二十歳で結婚した。私、今はこういう仕事やってるけど、その頃はすごくウブで、はじめて出来た恋人だったの。でも、五年経っても子どもが出来なくて、姑に検査行けって言われて、私は子どもが産めない体質だってわかった」

圭子はレイラの話を聞きながら、大根を口にいれる。味が染みていて、身体が温まる。

大将はカウンターに背を向けて、テレビのバラエティ番組を見ているが、聞こえないふりをしているのかもしれない。

「それからいろいろあってね、別れた。慰謝料はなかったけど、ふたりで住んでたマンションは私の名義にしてくれた。これからどうしようかってボーっとしてたときに、高校の同級生で昔仲が良かった娘が、札幌のすすきので働いているから飲もうって誘ってくれて、旅行がてら行ってみたの。すすきのなんて、はじめてだった。北海道ったって、私の実家は道東の、札幌から遥かに遠いところだから。あ、おでん、じゃがいもと厚揚げも美味しいわよ。冷めないうちにどんどん食べて。私も食べるから」

圭子がじゃがいもを口の中に放り込むと、噛む前に崩れて味が広がった。レイラは、自分の皿にのっている大根を口に入れ呑み込んだあと、話を続ける。

「その同級生は、高校を出て家計のためにすすきのでホステスやってたのね。彼女とすすきので飲んだときに、『前に一緒に働いてた娘が、ストリッパーになったから、たまに観に行くんだ。ストリップ観たことある？　ないなら一緒に行こう。すごく楽しいから』って言われて……もちろん観たことないし、女が入っていいものなの？　って心配だったんだけど、勢いに任せて、すすきのにあった劇場に行ってみたの」

レイラは唇を尖らすようにして、日本酒の入った盃に口をつける。頬が少しだけ紅に染まっているのがわかった。

「真っ赤なカーテンが左右にパッと開いて、ミラーボールがまわってて場内がキラキラしててね、照明が女の人の肌を彩って……とにかく、綺麗だった。踊り子さんは、若い人もいれば、そうでない人もいたし、みんながみんなスタイルがいいわけじゃないんだけど、どの人の裸も、スポットライトを浴びて、全部綺麗だった。……気がつけば感動して泣いてた」

わかる気がした。自分も、先日、はじめてストリップを観て、レイラの舞いを目の当たりにして心を揺さぶられたのだ。

圭子も盃を口にする。福井県の地酒らしい。口に含んだ瞬間、身体の芯が熱くなる。

「ほら、私、子どもできないのが理由で、離婚したじゃない。だから自分は女じゃない、女失格だって思って自分を責めてたの。それが、裸で一生懸命踊るお姉さんたちを見て、女の人って、どんな人でも綺麗なんだ、生まれてきただけで価値があるんだ、子どもができようができまいが、女なんだ――そう思えた。勢いって怖いわね、もうその日のうちに、劇場の人に『ストリッパーになりたいんです』って頼んでて、一緒にいた友達もビックリしてた」

レイラは圭子の空になった盃に日本酒を注ぎ込む。

「刺身、今日は何がおすすめ？」とレイラが聞くと、カウンターの中にいる大将が、「ブリがあるよ」と答えた。

「じゃあ、ブリを。あと何か適当に盛り合わせお願い」

と口にしながらレイラはまた盃に口をつける。

「なんか一方的に身の上話をしちゃってごめんね。お嬢さん……じゃなかった、沙世ちゃん、私と同じ他所(よそ)から来た人間で、ついつい身近に感じちゃって。沙世ちゃん、若く見えるけど、年齢も近いしね。バツイチなのも一緒だし」

離婚して東京から来たということと偽りの年齢、つまり「倉田沙世」のプロフィールだけは、この店に入って最初に問われるがままに話していた。

本当はあなたと同い年で、バツイチでもないし子どももいるのだと思ったが、もちろん口には出せない。

「ストリップ、楽しいですか」

何か口にしなければと、圭子はそう聞いた。

「最初にステージに立ったときは緊張したし、母に泣かれもしたけど……楽しい。お客さんがね、こんな私の舞台を観て、喜んでくれるんだもん。私、美人でもないし、今はもう年も取ったのに、それでもわざわざ足を運んでくれる人たちがいるから、辞められないの」

「……私も、レイラさんの舞台を観たとき、綺麗だと思って、感動しました」

「ありがとう、嬉しい。ほら、お刺身来た、食べよ」

圭子は色鮮やかな刺身の盛り合わせに箸を伸ばす。

「私が最初に観てデビューした劇場はもう閉館しちゃった。北海道も東北も、ストリップ劇場は無くなってしまった。関東は幾つかあるけど、広島は閉館決まってるし、北陸は芦原、九州と四国もそれぞれ一館だけしか残ってない。あとは熱海、岐阜、京都と、大阪の二館だけ。それもうーいつ無くなるかわからない。風営法の関係で新しく作ることもできないの」

「ストリップ劇場って、それぐらいしかないんですか？」

「すごい勢いで閉館してるのよ。最近は女の子も劇場に通ったり、賑わっているように見えるけど、今のご時世、いろいろ難しいこともあるからね。だからこそ残っている劇場に足を運んでくれるお客さんには楽しんで欲しい。温泉地そのものが、寂れてるところも多いから、地方こそ頑張らないとね」

「昔は、北陸も、山代、山中とあちこちに劇場があったんですけどねぇ」

大将が、そう口にした。

鯖寿司ちょうだいと、レイラはカウンターの中に声をかける。

「福井といえば、鯖。もっとも若狭のほうの名物だけど。福井は蟹だけじゃなく、美味しいものたくさんあるのよ」

福井県が嶺南（れいなん）の若狭と、芦原や福井市のある嶺北（れいほく）の越前とに分かれていることも、圭子は芦原に来るまで知らなかった。

「淳ちゃん特製の鯖寿司、美味しいよ。あ、お茶もちょうだい」

はいよと、皿に盛られた鯖寿司とお茶が目の前に置かれる。

扉が開いて、浴衣の上にコートを羽織った男性三人組が入ってきて、カウンターの奥に座った。ガラスの扉の向こうにも、観光客らしき人たちが行き来するのが見える。

「別れた夫は再婚して子どももできたみたい。ストリッパーになって数年後に、スポーツ新聞に私の記事が出て、それを見てびっくりして劇場に来てくれた。離婚したおかげでストリッパーになれたから、元夫には今は感謝してる。女の幸せは結婚して子どもを産むことだと昔は思っていたけれど、そうじゃない幸せもあるのよ。たくさんの人たちを喜ばせる女の幸せだってあるんだよ」

そう言って、レイラは鯖寿司を口にいれた。圭子も同じように頬張ると、「美味しい」と口からこぼれた。鯖寿司なんて、芦原に来るまで食べたことがなかったし、ひかりものは苦手なはずだったのに。少しも生臭くなく、うま味が口の中に広がる。

「本当に、元の旦那さんを恨んでいないんですか」

圭子はつい、そう問わずにはいられなかった。レイラの身の上話は、話が出来過ぎている。傷ついて、未知の世界に飛び込み、人を楽しませて幸せで——腑に落ちない。レイラの人柄がいいのは、もう十分に承知している。けれど、人はそんなに潔く割り切れるものだろうか。

圭子自身は灯里の父親に対して、「恨んでいない」などとは口にする気にもなれない。ずいぶん昔の話だし、もしも彼と結婚していたとしても上手くいくはずがないのはわかっている。思い出すことも減ったけれど、あのときの裏切られたという哀しみと怒りの感情は消えたわけではない。

男は、圭子と別れたあと妻との間にも子どもに恵まれたと耳にした。そのときは、「家族ともども不幸になって欲しい」とさえ思ってしまった。妻と子どもに罪がないのはわかっていても、惨めで悔しくて、しょうがなかったのだ。

レイラの話は、どうしても綺麗事に聞こえてしまう。

「不妊体質だとわかっても、最初、夫は私には優しく気遣ってくれてた。子どもができなくても愛してる、ふたりで生きていこうって……。でも、何があったか知らないけれど、ある晩、酔っぱらって帰ってきて、私の顔を見て、『子どもができないなんてお前は女じゃない』って言われちゃった」

再び扉が開いて、今度は年配の男女が入ってきた。

「混んできたわね、出ようか」と、レイラが「おあいそ」と大将に声をかける。

支払うと言ったのに、レイラに拒まれた。「じゃあ、次は沙世ちゃんおごってよ」と言われ頷いてしまった。

自分は別人となり逃げている身だから、誰とも親しくつきあうことは避けるべきなのに、どうしてもレイラのペースに巻き込まれてしまう。きっと東尋坊で圭子が自殺を考えているのだと思って、親身になってくれているのはわかっていた。

旅館まで送るというレイラに圭子は従う。雲に覆われているのか、月が見えない暗い夜だった。だからこそ、街灯の光がまぶしい。

背が高い上に、ヒールのブーツを履いているレイラの背筋はピンと伸びて、歩く姿も美しい。

旅館の前に着くと、レイラはステージにいるときに客席に向ける笑みと同じ表情を浮かべて立ち止まった。

「私ね、すごくラッキーなの。殺人犯にならずにすんだから」

レイラの言葉に、圭子の息が一瞬止まる。

「『子どもができないなんてお前は女じゃない』って言われたとき、私、刺したの、夫を。衝動的な行動で、何も考えていなかったけど、無意識に包丁を手にしてた。だけど夫が抵抗したから、肩のところに少し傷ができたぐらいで、彼は病院にも行かなかった。でも一瞬とはいえ殺意を抱いた相手とは暮らせないから、離婚するしかなかった。あのとき、本当なら私、人殺しになって刑務所行きだった。だから本当に夫には感謝してる。彼が抵抗してくれたから、今の私があるの。運がいいのよね」

それを「運がいい」というのだろうか——圭子は言葉が出てこない。

レイラは、「またね。寒いから風邪ひかないように気をつけて」と言い残し、踵を返す。


こちらに来てから買った大きなボストンバッグを足もとに置いて、圭子は人気のないロビーのソファーに腰を沈めていた。

チェックアウトとチェックインの時間の狭間で、客の姿もなく、フロントにも誰もいない。今日から三日間、金沢と山中温泉の仕事が続く。毎回芦原に帰るのは時間のロスだからと、美加の家に泊まり、そこから仕事に行くことになった。今は迎えを待っていた。

「倉田さん、ちょっといいですか」

絨毯に吸収されたのか、足音がしなかった。支配人の和田が圭子の返事を待たずにソファーの隣の席に座る。

「コンパニオンの仕事、どうですか」

「おかげさまで、楽しくやっています。最初は私みたいなものにできるのか心配でしたけど」

「美加さんも喜んでるようです」

そう言って、和田は引きつったような笑顔を見せる。これでも精一杯、愛想よくしているつもりなのだろう。

「蟹のシーズンが終われば、宴会は減りますが、そうなったらまた仲居の仕事もありますから、安心してくださいね」

今は中国人のバイトが来ているが、彼女たちは期間限定だったはずだ。

「倉田さんのように、ちゃんと働いてくれる人は貴重なんですよ。世の中、職の無い人が溢れているのに、どこも人手不足だ。なかなか続く人はいないんですよね。だから倉田さんを大事にしたいんです」

そういえばと、圭子は思い出す。圭子も何度か寮で見かけたことがある、年齢もおそらく同じぐらいのベテランの仲居が、いきなり辞めてしまったとは聞いていた。しかも調理場に入って半年ほどの若いけれど家庭がある男と関係ができ、ふたりで別の土地に行ってしまったという噂だった。

圭子が最初にここに来たときに珈琲を出してくれたフロント係の若い女も、今はもういない。手際が悪いと客に叱責されて泣き出して、そのまま辞めたのだという。

あれからロビーで珈琲を飲む機会が一度だけあったが、あの女が出してくれたものよりは、少しばかりマシな味ではあった。

結局、安定して働くのは、圭子のように帰る場所のない者か、遠い国から来た娘たちだけなのか。

「コンパの仕事も、いろんなお客さんがいるでしょうけれど、何かあったらすぐ美加さんか、私に言ってください。倉田さん、苦労されてるみたいだから、私も支配人という立場を越えて、相談に乗ります」

和田の指先が、自分の膝に触れていることに圭子は気づいていた。向かい側ではなく、隣に座ったのは、こういうことか。表情の乏しい和田という男は、親切ではあるものの何を考えているのか今までよくわからなかったが、自分を女として見ていることだけはわかった。和田の手がこれ以上、すすまないようにするにはどうしたらいいか――そう考えているときに、近くで大きな声がした。

「おつかれぇっす」

美加の事務所のドライバー、菊池が立っていた。赤と緑の派手なジャージの上下を着て、ポケットに手を突っ込んでいる。

「お迎えが来たようですね」

和田が何事もなかったかのように、すっと立ち上がる。

菊池は圭子のボストンバッグを手にして、「行きましょうか」と背を向ける。玄関の正面につけてあったワゴン車の後部座席に圭子は乗り込んだ。

車が発進して、すぐに菊池は口を開いた。

「あの支配人から、うちのコンパさん、何人か誘われたりもしてるから、気をつけたほうがいいっすよ」

「ありがとう」

菊池とは、こうしてたまに顔を合わすが、必要最低限のこと以外は今まで話したことはなかった。

「コンパや水商売とか……そういう仕事をしていると、安く見て、すぐ手を出してくる男がいるんすよ。俺も男だけど、男ってほんとバカで単純だから。あの旅館は、うちの事務所をよく使ってくれるし、美加さんもいるから、そんな困ったことはしてこないとは思うんすけど、そこははっきり態度で示したほうがいいっすよ。勘違いさせないように」

「うん、気をつける」

圭子がそう答えると、菊池は音楽のボリュームを上げる。聞いたことがある曲だが、タイトルが思い出せない。そのままふたりとも何も話さず、金沢へ向かった。

美加のマンションは想像していたのと違い、古い灰色の建物だった。大きな音を出すエレベーターで最上階の五階で降りる。玄関で美加から「いらっしゃい」と声をかけられる。すっぴんの美加を見るのははじめてだった。思ったよりも皺とシミがあり、実はかなり年齢がいっているのではないかと思った。上下ともグレーのジャージを身に着けている。

「じゃあ、俺はこれで」

「今晩、またよろしくね」

菊池は圭子を送ると、すぐに帰っていった。

玄関からすぐのところに風呂場とトイレがあった。広めのダイニングキッチンが事務所になっている様子で、書類が積み上げられておりパソコンも置いてある。奥にある部屋が美加の寝室で、手前の四畳半の和室が圭子の泊まる部屋だった。

壁に衣紋(えもん)かけがあるのと、小さな鏡台とテーブルが置かれただけの、シンプルな部屋だ。

「お腹減ってない？」

そういえば出かける準備をしていて昼ご飯を食べ損ねたことに気づいて、頷く。

「サンドイッチ作ったから食べて」

そう言われて、圭子は荷物を置いてダイニングキッチンの椅子に座る。家具や調度品なども、すべてシンプルなものだった。おそらく量販店のものだ。自分が埼玉で住んでいた家もそうだったからわかる。量販店の一番安いもの――慎吾は家具なんて金をかけるものではないと言っていた。使えればいいのだと。けれど美加のような女は、自分自身だけではなく、部屋の装飾にも金をかけていそうなイメージがあったから、意外だった。

サンドイッチは、ハムとトマト、キュウリとたまご、ツナとポテトの三種類が、パセリを添えて彩りよく盛られていた。

圭子はまずキュウリとたまごのサンドイッチを口にする。からしマヨネーズが利いている。

「どう？」

「美味しいです」

「よかった。料理得意なのよ、昔、主婦してたしね」

そう言いながら、美加は圭子の前に珈琲を置く。香りが上品な珈琲だが、カップはどこからかもらったのか、企業の名前がローマ字で印字されているイラスト入りのマグカップだ。

「冷蔵庫の中のものは好きに飲んだり食べたりしていいから。シャワーも、気にせずにいつでも使って。遠慮なくお風呂のお湯をためて使ってちょうだい。冷えは女の大敵だしね。今晩は、私、ちょっとお得意先の方に誘われてオペラ行ってから食事会なの。多分、沙世ちゃんのほうが帰りが早いから、合鍵あとで渡すね」

「オペラ？　お好きなんですか」

「正直、そんなに興味がないけど、営業のおつきあいよ。昔から可愛がってくれてる社長さんのお誘いだから、断れなくて」

年はとっているが、美加の顔立ちは整っている。若い頃は、さぞや美しい女であったのだろう。化粧をした美加には、華やかさもある。こういう、美しく社交的な女はどんな人生を送って、今にたどり着いているのだろう。

自分とは、全く違う人生だ。

「そうだ、あとで電気ストーブ、部屋に置いておくね。エアコンあるけど、もう夜になると寒いしね。そろそろ雪が降りそう。北陸の冬は寒いから、覚悟しといてね」

圭子は美加の言葉に「ありがとうございます」と礼を口にする。

金沢のホテルでの宴会は、総勢二百人の客に、三十人のコンパニオンが用意された。美加の事務所からは七人来ており、アカリの姿もあった。大手建設会社の総会後の懇親会ということで、泥酔してからむ客もおらず、とにかく酒の酌をするだけで時間が過ぎていった。

宴会が終わり、挨拶をして着替えてから圭子はタクシーを捕まえようとホテルの外の大通りに出る。今日のホテルは美加の家から近いのと、菊池は片山津（かたやまづ）の温泉まで送迎しないといけないので、タクシーを使っていいと言われていたのだ。

「沙世さぁん」

声をかけられ振り向くと、アカリがいた。

「お疲れ様」

「お疲れ様です。沙世さん、今日、美加さんの家に泊まるんでしょ」

「うん」

「私も一緒に行っていいですか。美加さんにはさっきＬＩＮＥで許可とったし」

話しているうちにふたりの前にタクシーが停まり、アカリも乗り込んでくる。

「一緒に住んでる彼氏と、出かける前に喧嘩しちゃったんですよ。彼氏は、私がコンパの仕事してるの、よく思ってないんです。自分もキャバクラとか行ってるくせに嫉妬深くて、しょっちゅう喧嘩してる。だから今日は帰りたくなくて」

そういえば、さっきの宴会でアカリは役員の男に気に入られたらしく、そばにはべり酒を飲まされていたようだった。酔った口調なのは、そのせいだろう。

タクシーは十分ほどで美加のマンションの前に着いた。マンションのエントランスの灯りの下で見ると、アカリの顔は心なしか赤くなっていた。

エレベーターで五階にあがり、美加の部屋に入る。

何度か来たことがあるのか、入るなりアカリは放り投げるように鞄を置き、冷蔵庫を開けて缶ビールを取り出した。

「沙世さんも飲みます?」

「ううん、私はお水でいい」

「じゃあ、私、ひとりで飲んじゃおう」

いつもより陽気なアカリは、バッグからシュシュを取り出して長い髪の毛をうしろにくくり、キッチンのテーブルに座り喉を鳴らしてビールを飲む。

髪の毛を束ねて露わになったアカリの首筋に、赤い痣がふたつあった。こんな季節に虫にさされたのか、と見ていると、圭子の視線に気づいたのかアカリがビールを置く。

「これね、昨日、ハードの仕事だったからつけられたんですよ。ここだけじゃなくて、ほら」

アカリが右足をあげるとミニスカートがたくられ、太ももが露わになる。ストッキングの上からでもわかる赤い痣があった。

「ハードの仕事って……」

「ハードコンパニオンのほう。私、そっちもやってるから。彼氏との喧嘩の原因は、これなんですよね。本番はやってない、いちゃいちゃするだけだって言っても、許せないみたいで。まあ、こんなところに吸い付いてきて痕を残すバカ客が悪いんだけど。金を払わないと女に相手にされない、バカ客が」

コンパニオンの仕事には、自分のようにただ酒の相手をするものと、ハードといわれるものがあるのは美加から聞いていた。具体的にはどのようなことをするとは聞いていないが、想像はつく。

「彼氏ね、もともと私が金沢に来て最初に働いたキャバクラの客だったんです。私より十歳上で、親の会社で働いてる人。一緒に住むことになってキャバクラ辞めたのは、そいつの友達とかも店に来るからなんです。温泉のコンパニオンなら観光客相手が多いから、許してくれたけど……私が他の男にさわられたりするの嫌みたいで、怒るんです」

そりゃあそうだろうと、圭子は思った。

「もう一本……。どうせ美加さん、今日は遅いから。菊池と合流してどっか行ってますよ、あのふたり、出来てるんだもん。菊池は美加さんのヒモ」

そう言いながらアカリは立ち上がり、冷蔵庫の中から再び缶ビールを取り出し口をつける。

菊池と美加の関係は不思議だったが、そう考えると腑に落ちる気もした。

「彼氏と結婚はしないの？」

圭子が聞く。

「できないんです。私、もともと博多の医者の長女で、こう見えても家を継ぐつもりで一生懸命勉強して医学部に入ったんですよ。ほんと勉強だけして、遊びなんて一切しなかった。でも大学入ってからは、生まれつき賢い人たちについていけないし、そもそも自分は医者に本当になりたいのかって考えはじめて……その頃、はじめて彼氏できたんですよね。バイト先の先輩だったけど、私、恋愛に免疫なかったから、ハマっちゃって、もう勉強どころじゃなくなって、大学も行かなくなりました」

身体が熱くなったのか、アカリがワンピースの胸ボタンを外すと、豊満な乳房の谷間が見える。

「単位とれなくて、親が怒って、私も医者なんかなりたくなくなったし、家を飛び出て金沢に来ちゃいました」

「なんで金沢へ」

「はじめての彼氏が、金沢の人だったんですよ。だから一緒にきてくれると思ってたんだけど……私がこっち来てすぐ、音信不通になりました。今さら帰れないし、お金も必要だからと思って……キャバクラで働きはじめたんです。私、箱入り娘で、男も彼氏しか知らなかったから、人生変えたかったんですよ。親が絶対に許さないような仕事やりたくて。そこで今の彼氏と出会って同棲して、キャバの友達の紹介で美加さんところで働いてるけど、今の彼氏は結婚する気なんてないボンボンで、ずっと遊びたいとか言ってるやつだから」

「アカリちゃんて、幾つ？」

「二十三歳です。美加さんが娘さんと年が同じって、言ってたな」

美加に娘がいるのは初耳だった。それよりも、娘の灯里と同い年と知って、どうしてもアカリに娘を重ねずにいられない。

母から逃げた娘と、娘から逃げた母——。

「ごめんなさい、変なこと聞いて。アカリって、本名？」

「本名は聡子(さとこ)です。地味な名前でしょ。それも気にいらなかったんですよね。アカリっていうのは、昔好きだった漫画のヒロインの名前。あーちょっと眠くなってきた。飲み過ぎたかな」

アカリはそう口にした瞬間、顔をテーブルに伏せた。

「……ハードの仕事は、やっぱもらうお金も多いぶん、嫌だなって思うこともあるんです。私、まだそこまで割り切れてないみたいで。彼氏に怒られる度に、自分も実は傷ついてるんですよ」

「じゃあ、なんで」

「どっかに、親が大事にしてきた私の身体を穢してやりたい、親の嫌がることをしてやりたいって気持ちがあるのかも。うちの母親は、お嬢様で、すごく堅い人だから、私がこんなことしてるの知ったら、母に殺されると思う」

アカリは急に顔をあげて、圭子の顔をじっと見る。

「沙世さんて、美人ですよね。うらやましい」

圭子はどう答えたらいいか、わからない。

「四十代って、うちの母親ぐらいの年じゃないですか。でも、沙世さん、すごく綺麗で、うちの母とはえらい違い。母はブスで、私は母に似てるんです。でも父や父に似た妹は、美形で……母は自分だってブスのくせに、私に子どもの頃から、あんたは綺麗じゃないから勉強して医者になるしかないって言い続けてきた。でもね、私が家を出てから、母親は妹を医者と結婚させて跡を継がせようとしてるらしいんです。だから、私、もう家にはいらない子なんです」

そんなことないよ――と、無責任には口にできなかった。

「アカリちゃん、ブスじゃないのに。可愛いよ」

「可愛いって、美人じゃない人間を慰めるためにある言葉としか思えない。私、ブスですよ。化粧が上手くなっただけで……この母親譲りの団子鼻が特に嫌い。お金貯めて整形したいぐらい。怖いからできないけど。医学部行ってたくせにね」

そう言って、アカリは大きなあくびをしたあと、またテーブルに突っ伏した。

「こんなとこで寝たら風邪ひくから」と、圭子はアカリの身体を起こし、うしろから抱くようにして和室に連れていく。美加が布団を敷いてくれていた。圭子はアカリのストッキングを脱がし、布団に寝かす。

ふとアカリが起き上がり、圭子の腕を引っ張る。

「お母さん――」

そう言って背中に手をまわしたあと、ばたりと仰向けになって寝息を立て始めた。

アカリが完全に眠ったのを見届けてから、圭子は立ち上がり、浴室に行ってシャワーを浴びた。美加はまだ帰ってくる様子はない。アカリの言うとおり、「菊池とどこかに行っている」のだろうか。

菊池と美加は、親子以上の年齢差があるように見える。ふたりがセックスしている姿が想像できない。とはいえ、自分もかなり年下の鈴木とセックスしていたのだ。ラブホテルの部屋の鏡に映る自分の姿が、ひどく醜いものだと思ったのは、鈴木が若くて美しい分、自分の老いを見せつけられたからだ。美加は、そんなことは考えないのだろうか。

圭子はシャワーを浴びてから、髪の毛を乾かし、美加が用意してくれたジャージに着替え、和室に戻る。化粧水と乳液で肌を整えたあと、アカリの寝息を聞きながらスマホを手にとった。

アカリの寝顔を見ていると、どうしても娘の灯里のことが頭に浮かぶ。灯里のインスタを検索する。新しい写真が投稿されていた。

〈新居は家賃は安くないけど、会社に近いのが本当に助かる。今日は、お弁当を初めて作った。引っ越

しでお金が無くなっちゃったから、これも節約術〉

そう言って、おにぎりとブロッコリー、プチトマト、卵焼きにウインナーだけの弁当の写真がアップしてある。

もうひとつ、最近の投稿を、圭子は何度も読み返してしまった。

〈このところ、大変なことがあって、実はぐちゃぐちゃな気分でした。なんでこんなことになってしまったんだろうと、ずっと考えてた。大変なことは現在進行形で、ときどき、夜には、消えたい、逃げたい、死にたいなんて言葉が浮かぶ……〉

そんな文章が、ビルの谷間の月の写真とともにアップされていた。

胸が痛む。

「大変なこと」とは、間違いなく、事件のことだ。灯里が何事もなかったかのように平気で暮らしているはずはない。

それなのに自分は、男に酌をして、美味いものを食べて太り……罪悪感がこみ上げてくる。

救いは灯里の彼氏らしき男が、娘を支えてくれていることだった。

圭子はスマホを置いた。灯里に声をかけてやりたい衝動を抑えていた。

ごめんね、つらい目に遭わせて、ごめんね。

もしも私の子どもでなければ、苦しまずに済んだのかもしれないのに。普通の家庭じゃなくて、ごめんね。男に捨てられ、男の言いなりになって生きてきたような母親で、ごめんね。私がこんなだから、あなたに苦しい想いをさせてしまった——。

呼吸が速くなる。息を吸うのも吐くのも、しんどい。涙は出てこないけれど、灯里への申し訳なさに胸が詰まる。

違う生き方が、あったのだろうか。私は自分を弱者だと思って、男に頼って流されるように生きてきたけれど、勇気を出して違う人生を歩むチャンスは、きっとあったはずだ。それなのに私は、自分が傷つかない、嫌な想いをしないで済む生活を選んだがために、結果的に娘を犠牲にしてしまった。

灯里のために、慎吾と一緒にいるのだ――ずっとそう思っていたけれど、間違っていた。本当に娘のためを思うなら、自立するべきだった。家計が苦しくても、外で働く姿を娘に見せたほうがよかった。慎吾と灯里が同じ家で顔を合わすような生活はやめるべきだった。

自分たちの面倒を見てくれた母が亡くなった葬儀の光景が、ふと浮かぶ。大好きなおばあちゃんが死んで、灯里は心細かったのだろう。普段は感情を露わにしないおとなびた娘なのに、ずっと泣き続けていた。

母の死の悲しみよりも、そんな灯里の様子に胸が痛み、圭子は葬儀の最中に何度も娘を抱きしめ、「大丈夫、灯里にはお母さんがいるよ。一生、灯里と一緒にいるからね」と口にしたのに――結局、私は男に頼って生きるしかなく、そのせいで灯里をつらい立場に追い込んでしまった、最低の母親だ。

母親失格。

いや、人として間違った選択ばかりをしてきた。

死にたい――という考えがよぎる。苦しい苦しい苦しい。息がしにくいのは、過呼吸だろうか。過去に何度か経験している。落ち着け、と大きく息を吸ってゆっくり吐く。

自分の死刑を遂行する――鈴木の言葉が浮かんだ。

まだ、私には自分の死刑を遂行する勇気はない――絶望もしていないのだ。

人が死ぬのは絶望したときだ。こうして新しい生活に喜びを見出しているうちは、自分はまだ死ねない。死ぬのはいつでもできる。

アカリはよく眠っている。化粧を落としていないから、シーツや枕についてしまいそうだが、明日、美加には自分が謝っておこう。

アカリが「親が大事にしてきた私の身体を穢してやりたい、親の嫌がることをしてやりたい」と口にしたときも、胸が痛んだ。灯里も、そんなふうに思うことがあるのだろうか。ここで眠っているアカリの母親だって、きっと今ではいろんなことを後悔して、娘の不在に苦しんでいるだろうと考えると、大きなため息が出た。

灯里を妊娠したあのとき、中絶することもできたし、多くの人にすすめられもした。けれど、どうしても産みたかった。男を愛していたからではなく、意地以外の何物でもなかった。自分のことしか考えていなかった。エゴで子どもを産んだ。だからその後の人生、罰がくだったのだろうか。自分の判断に迷いはあったけれど、灯里を産んで、想像していたよりもずっと可愛くて、世界にやっと自分の味方ができた気がしていた。でも、それも親のエゴに過ぎない。

灯里、ごめんね。心の中でそう呟く。

扉の向こうで、音がした。美加が帰ってきたのだろうか、足音もする。

今は「沙世」を演じられる自信がない。圭子は寝てしまおうと布団の中にもぐりこんだ。

昼前に目が覚めるとアカリはいなかった。その日の夜と翌日に山中温泉での仕事を終えると、ホテルのロビーで美加と菊池が待っていた。菊池がワゴン車で金沢まで他の娘たちを送り、芦原へは美加が自家用車で送ってくれると事前に聞いていた。

自分ひとりの送迎は申し訳ないと思いつつ、圭子は美加の車の後部座席に乗り込む。翌日は休みだと言われていた。

「お疲れさま」

美加はハンドルを握って車を走らせ、前を向いたままそう言った。

「明日は一日ゆっくり休んでね。温泉で身体をいたわってやって」

「ありがとうございます」

圭子がそう口にすると、車の窓にポツポツと水滴がつく。雨だった。

「天気予報だと、この雨は朝には雪に変わるみたい。風邪ひかないようにしてね。北陸、日本海側の寒さは、芯から身体を冷やすから」

すぐに雨が激しくなり、車のワイパーが動く。美加は手を伸ばし、ラジオのボリュームを下げる。

「あのね、沙世ちゃん」

「はい」

「こんな話をして、ごめんなさいね。でも重要なことだから……和田さん、あなたに何か変なことしてくる?」

圭子はすぐに察した。二日前、和田が圭子の膝に触れていた件だ。菊池から聞いているのだとしたら、しらばっくれるのも不自然だろう。しかしどう答えればいいのか、言葉がすぐには出てこない。

「沙世ちゃんね、美人でおとなしいし、男好きするっていうか、男の人に舐められちゃうタイプだと思うのよ。だから気をつけないといけないし、毅然としていなさい。でも、立場があるから、なかなか嫌って言えないのもわかるのよね……本当に、困った男」

「すいません」

「あなたが謝ることはない。でもね、こういう仕事だからこそ、身持ちは固いほうがいいと思うの」

つまりは、和田に誘われても身体を許すなと言っているのだ。

「和田は……雇われ支配人で、立場が弱い人で、若い頃から苦労もしてるの。私はずっとそんな姿を傍で見てきたから、彼のことはあの旅館の従業員よりもよく知ってる。悪い人じゃないし、真面目な男なの。でもね、奥さんがきつい人のせいか、女の子に甘えたがる人でね……」

窓に当たる雨が強くなってきたが、美加の言葉がはっきりと聞こえるのは、彼女の声がよく通る高い声だからというのに気づいた。そういえば、アカリが、「美加さんは歌が上手いんです。カラオケで一度聴いただけですけど」と口にしていたことがあった。

和田と美加がかつて関係していたらしいというのもアカリから聞いてはいた。実のところ他のコンパニオンが「美加さんは和田支配人と仲良しだから」と、意味深なニュアンスで言うのも耳にした。

「本当はね、旅館の従業員の寮だから、コンパさんが使うのは特例なんだよ。和田さんが、あくまでもうちで働く人だからって言うし、部屋は空いてるからいいんだろうけれど、特別扱いだよね。まあ、あんた綺麗だし。美人は得だね」と、圭子も食堂で、通いの仲居に嫌味を吐かれたことがあった。

「沙世ちゃん、まだ若いから」

「若くないです」

「私からしたら、若いわよ。女ざかりじゃない。バツイチって、モテるでしょ。あとくされなく遊べるって思われてるのよ。そりゃあ男は寄ってくるわよ。でも、働き続けたいなら、気をつけてね。女同士の揉め事、たくさん見てきたけど、たとえ原因が男のことでも、女のせいになっちゃうから。女の敵は女って言葉、私、嫌いなのよ。女同士だからこそ仲良くやっていけると思うの」

雨が小降りになってきた気がした。芦原までは、あとどれぐらいかかるのだろう。

「沙世ちゃん、私、あなたを信頼してるの。だから、お願いね」

美加は圭子の返事を拒むように、ラジオのボリュームを上げた。甲高い声の男が何がおかしいのか笑っていて、ときおりアシスタントらしき女が相槌を打っているが、話の内容は耳に入ってこない。

美加の言葉が、忠告どころか脅しにしか聞こえなかった。

私の男に、手を出すな、と。

それを口にしないといけないほど、美加は「倉田沙世」という女を恐れているのだ。

自分は逃亡者だから、目立たぬように、厄介事に巻き込まれぬように、ただ生活のために仕事だけをして人と交わらず生きていくつもりだったのに、「倉田沙世」は意図せずとも関心を集めてしまうのだと圭子は気づいた。なぜか、腹の奥から笑いがこみあげてくる。

逃げて別人になることで、男の気を惹き女に嫉妬される女になった——。

「私も美加さんを信頼しています。だから、安心してください」

感情を殺し、圭子はそう言った。

「嬉しいわ。これからも一緒に頑張りましょうね」

美加は大きく息を吐く。

雨の音が再び激しくなってきて、ラジオの音がかき消された。

4

雪化粧とは、よく言ったものだ。真っ白な雪が山門と寺を取り囲む木々に荘厳さを与えている。

「すべらないように気をつけてね」

前を歩くレイラはヒールの高いブーツで、雪がうっすら積もる坂道を上がっていく。北海道の道東出身だと言っていたし、慣れているのだろう。

圭子からしたら、雪が積もっているだけでも珍しい光景だ。滑り止めのついたブーツを買っておいてよかった。

暖冬で、昔ほど積もらないとは聞いていたが、十二月に入ってから雪はときどき降り、積もっては溶けるを繰り返していた。十二月は蟹のシーズンなので、圭子もほとんど休みがなく、コンパニオンの仕事の合間に仲居のヘルプも頼まれたりと忙しくしていた。

年越しも正月も、なんの感慨もなかった。考える暇がないほど忙しいのは、ありがたいことだった。年末と正月三が日はコンパニオンの仕事はなく、仲居のほうで忙しかった。誰もが家族と過ごすのであろう、団体客はなく家族やカップルばかりだった。

正月が終わり、やっと与えられた連休の初日に、圭子はレイラと一緒に永平寺にいた。芦原温泉からは、車で五十分ほどだ。

初詣などする気はなかったけれど、「永平寺、まだ行ったことないでしょ。一緒にお参りしましょう。休みはいつ?」と電話がきた。つい正直に明日休みだと答えたあと、どう断ろうか迷っているうちに、いつものレイラのペースに巻き込まれ、「じゃあ、明日、九時半に迎えに行くから」と電話を切られた。

旅館の前には、レイラと、もうひとり男が立っていた。圭子が最初にレイラの舞台を観たときに、タンバリンを叩いていた「ヒロさん」と呼ばれる男だった。ヒロさんは、福井市に住むレイラのファンだという。彼の車の後部座席にレイラと共に乗り込んだ。

「五年前に定年退職したんですよ。でも、同時に妻を癌で亡くしちゃってね。子どもたちは独立してるし、ひとりになって寂しくて……。そんなときに、スポーツ新聞でレイラちゃんの記事を見て、芦原に来たんです。それまでストリップなんて縁が無かったし、堅い仕事してたんで、知り合いに見られたら困るから入る機会もなかったんです。ところが、レイラちゃんの舞いを観たら、一発でやられちまってファンになって、今ではタンバリンでの応援と、運転手代わりですわ」

白髪で肉付きのいい、人の好さげな男は、楽しそうに口にした。

ストリップ劇場には、ヒロさんのように踊り子のファンでタンバリンを叩く人がいて、「タンバさん」と呼ばれているのだと知った。他にも、リボンを投げる「リボンさん」もいて、皆ファンがやっているものらしい。ストリップといえば、男たちが女の裸を眺めにくるいやらしいものだと以前は思い込んでいたが、そういった「応援」を楽しむ人たちがいるのも知り、ずいぶんとイメージと違うものだとわかった。

「大晦日も正月も、劇場にいましたよ。振る舞い酒してくれてね、楽しかった。子どもらは年末年始は海外旅行で、帰省もしてこんのです。ひとり寂しい老人には優しい居場所ですよ、ストリップ劇場は」

「でも、息子さんも娘さんも、まめにお孫さんの写真送ってくれるんでしょ。いつも嬉しそうに見せてくれるじゃない。ヒロさん、幸せもんよ」

レイラがそう言うと、「小遣いくれってことですよ。今年もお年玉、送ってやりました」とヒロさんは返す。

「レイラさん、お正月もずっとお仕事だったんですか」

圭子が聞くと、レイラが笑みを浮かべる。

「沙世ちゃんもでしょ。盆正月は稼ぎ時なのよ。でも私もヒロさんと同じ独り身だから、働いてるほうがいい」

「……私もです」

そう答えながら、圭子は今までのことを思い出した。慎吾には家庭があったので、年末年始は時間が有り余っていた。昔は灯里をどこかに連れていってやろうと外出していたが、成長するにつれ灯里が大晦日に家を空けることが増え、圭子はずっと、ひとりで過ごしていた。紅白を見て、スーパーで買ったオードブルの盛り合わせでビールを飲み、あけましておめでとうという言葉を誰かと交わすこともなく、借りてきたビデオを見るなどして正月が明けるのを待つ。外出するにしても、家族連れやカップルばかりの場所に若くない自分がひとりで行くのは気後れがした。自分がいかにだらしない、間違った人生を送ってきたのかを思い知らされるのが嫌だった。

慎吾も年末年始は連絡してこない。想像したくなかったが、それなりに家族の時間を楽しんでいるのだろうと思うと、疎外感に苦しんだ。会ったことのない慎吾の妻と並んで初詣でもしている姿を想像すると、どこかに出かけようとも思えなかった。

こうして嫌なことを考えずに済むほど忙しく働ける年末年始は、ありがたかった。

「初詣って、神社に行く人が多いけど、せっかくだから永平寺にお参りしたくてね。うちの実家、曹洞宗なんだ。でもそれとは関係なく、いいお寺だから」

レイラがそう口にする。宗派やお寺などには全く関心がなかったので、永平寺が曹洞宗の大本山だというのもはじめて知ったぐらいだ。

駐車場に着くと、「ワシは土産物屋ぶらぶらしておくから。永平寺は何度もお参りしてるし」というヒロさんを残し、圭子はレイラと通用門の拝観受付で拝観料を払い、中に入って靴を脱いでビニール袋に入れる。受付には僧侶たちが数人並び、想像とは違った近代的な建物に拍子抜けした。

けれど中に入ると広い。

「禅宗の伽藍（がらん）てね、人の身体の形なんだって。法堂（はっとう）は頭で、仏殿（ぶつでん）は心臓」

レイラが歩きながら説明してくれる。

法堂で座って目を瞑（つむ）り合掌する。何を願えばいいのだろうと考えるが、浮かんでくるのは灯里のことだった。

灯里のインスタはときどき更新されているが、あれからは食べた物の写真をアップするぐらいで、どういう状況なのかわからない。大晦日は、友達と焼き肉を食べたという写真があげられていた。

目を開けると、隣にいるレイラはまだ手を合わせたまま目を閉じている。真剣な表情だった。夫を刺したことがあるというこの女は、何を願っているのだろうか。

神も仏も信じてはいないつもりだった。占いもスピリチュアルなものも、すべて苦手だ。目に見えないものは信じられない。自分を救ってくれるのは、神や仏ではなく人だ。かつては慎吾、そして鈴木——。

それでも、雪が積もり荘厳さを増す寺でこうして仏様に手を合わせていると、心地よい。

目を開けたレイラがすっと立ち上がり、圭子もそれについていく。帰りは下りの階段で、「すべりやすいから、ここも気をつけてね」とレイラに声をかけられる。

「若い頃はね、こういうところに来ると、いろんなお願いをしてたのよ。神社とお寺の違いも、あんまりわかっていなかった。でも、本来、そういう場所じゃないのよね。今は、ありがとうって、感謝するために手を合わせてる。去年一年、怪我せず踊らせてくれてありがとう、って。それしかない」

ありがとう、か。自分は誰かに感謝をしているのだろうかと、圭子は思う。鈴木、レイラ、和田、美加、アカリ——ここに来て様々な人に助けられてはいるが、感謝の心はどうしても生まれてこない。

駐車場に戻ると、ヒロさんが待っていた。三人でお土産物屋を巡ったあと、食堂に入る。レイラは、天ぷら蕎麦とおにぎりのセットを、ヒロさんは鯖寿司と蕎麦、圭子はミニソースカツ丼と越前蕎麦のセットを頼む。

芦原に来て、はじめて食べたのが、このセットだった。メニューに記載されているのを見て、注文せずにはいられなかった。

「私、十一日から十日間、東京の劇場なんだ。上野にある小さなところ。近くに動物園、美術館、博物館もあるから退屈しない」

蕎麦を食べ終えたレイラが、そう口にする。

「東京の劇場って、また雰囲気違うんですか」

「劇場にもよるかな。私は乗らないけど、浅草ロック座なんかは、華やかよ」

「浅草ロック座って、聞いたことがあります」

「一番有名だからね。沙世ちゃんは、東京の人だったよね、東京のどこ?」

「立川です」

「倉田沙世」のプロフィール通りに、そう答えた。

「立川か。東京で踊っているときにいつも来てくれる人で、立川の人いるよ。駅前で歯医者さんやってたんだって。もう今は引退してるけど」

「そうなんですか」

この話題は、早く終わらせたかった。

「結婚してるときも？　ずっと立川？」

「はい」

どうしても、そっけない返事しかできない。過去には触れられたくないのだと察して欲しかった。

「もうすぐ、ワキさんの命日か」

ヒロさんが口を開いてくれて、話題が変わる。

「早いよね、三周忌」

食後に注文した珈琲のカップを手にしながら、レイラがそう言った。

「ワキさん――脇田(わきた)さんていう、眼鏡で有名な鯖江(さばえ)の人。芦原の劇場の常連さんで、私が踊るときも、いつも応援に来てくれてた。和菓子職人で、いつも美味しい和菓子を差し入れてくれてたんだけど……不景気でお店閉じちゃって借金も作って……亡くなった」

自死であろうことは、レイラの表情から想像がついた。

「レイラちゃん、まだ月命日は、東尋坊に行ってんのか」

ヒロさんが、聞いた。

「こっちにいるときは、なるべく行って手を合わせてる。ワキさんが寂しがらないようにね。レイラちゃんのおかげで、いつも元気で過ごせるんやって言ってくれた人だから」

「だからあのとき、東尋坊に――」

圭子は、そう口にした。

東尋坊に行ったときにレイラに声をかけられたのを思い出したのだ。

「そう、あの日、ワキさんの月命日だった」

レイラが、答える。

「その人は、家族はいなかったんですか」

「若い頃に一度結婚したけど、逃げられたんだって言ってた。子どもも奥さんが連れていって、それきりだって。和菓子職人は朝が早いから、週に一度の休みの前の日のストリップ通いが何より楽しみな人でね。本当に真面目な人だったのよ、ギャンブルもせず、酒も飲まずで……真面目な人だから、思いつめちゃったんだろうけど。でも、まさかね――こんなことになるとわかってたらって、どうしても考えちゃう」

レイラが、東尋坊で亡くなったその男の死に、何らかの罪悪感を背負っているのは察することができた。だからあの場所に通い、そこで見かけた圭子のことも、こうして気にかけてくれているのも。

「でも、どうすることもできんよ、人の死だけは。ワシも嫁が亡くなったときは、どうしてもっとそばにいてやらんかったんやって、悔やんだ」

ヒロさんは妻に先立たれているのだと、圭子は思い出す。

「どうせ、ワシだって、そんな遠くないうちにワキさんのもとに行く。そのときは、ふたりでタンバリンを手にしてレイラちゃん待ってるから、踊ってな」

「死んでからも、私、踊り続けないといけないのね」

そう言って、レイラが笑った。


夕方になり、ヒロさんの車でそのまま寮に帰るつもりが、「年末年始の疲れがたまってるでしょ。温泉が一番身体にいいのよ」と、レイラに引っ張っていかれ、「セントピアあわら」という街の中心部にある温泉施設に寄った。毎日、旅館の湯船に入っているのだが、確かにせっかく芦原温泉にいるのに、外の湯には全く入っていないので、少しだけならと従った。

正月明けだが、地元の人もいるのだろうか、そこそこ賑わっていた。

脱衣所で服を脱いだ。レイラの裸は劇場で見るよりも生々しく思えた。やはり気恥ずかしかったが、温泉で隠すのも不自然な気がして隠すことなく浴場に入る。

「沙世ちゃんて、子どもいるんだっけ？」

レイラが湯船の中で、ふいに聞いてきた。

「いいえ……」

「そうだったよね。ごめんね、気にしないで」

どうしてそんなことをレイラが口にしたのか不思議ではあったが、それ以上、子どもの話にはならなかったので、ホッとした。

一時間ほど過ごしたあと、レイラと別れて寮に帰ってきた。

荷物を置いて、トイレに入り下着を下ろすと、赤い色が目に入った。

生理が来た。このところ不順だったが、なんとなく昨日から身体が怠くて、予兆がしていた。だからこそ、温泉に入るのを躊躇っていたのだが、うまくタイミングがずれた。

部屋に戻り、生理用ナプキンを手にしてもう一度トイレに入る。連休で、明日も休みでちょうどよかった。一日、寝ていられる。

今年四十七歳になるが、いつまで生理があるのだろう。去年ぐらいから、経血の量が減ったり、周期がずれることが増え、閉経が近づいているのだと思った。

出会い系に登録して、鈴木と会ってセックスしたのは、それもあった。長年、厄介だった生理が終わるのだと考えると、女としても終わる気がした。慎吾とのおざなりなセックスで女の人生を終えるのは嫌だったのだ。いつまでも女でいたい——そんな戯言（ざれごと）を口にはしないが、自分の中にどこか焦りがあったのは確かだ。

閉経して生理が終わろうと、「女」でなくなるはずもないのだし、セックスだってできる。けれど身体にとっては、ひとつの区切りであるのは間違いない。

鈴木からは、あれ以来、連絡はなかった。会いたい気持ちはあるけれど、お金をまた渡さなければいけないのなら、自分から連絡する気にはなれなかった。コンパニオンの収入は悪くないが、手持ちの金が減るのは不安だ。金は全て、部屋の貴重品入れ金庫の中にあり、鍵は仲居の仕事の最中は従業員用のロッカーに財布と一緒に入れ、コンパニオンの仕事の際は制服の小さなポケットに必ず入れている。

血を見たら、急に身体に怠さがこみ上げてきた。圭子は布団を敷き、部屋着に着替えて横たわる。下腹部に血が溜まり熱を持っているように感じた。

女の身体は生理をはじめ面倒だとも思う。けれど今、コンパニオンとして働けるのは、自分が女だからだ。慎吾に生活の面倒を見てもらえたのもそうだ。今まで、自分は女だから損をしていると思って生きてきたけれど、考えてみれば、どれだけ女だからこその役得があったのだろう。男なら、とっくに死んでいたかもしれない。

「うちのはとっくにあがってる。早かったなぁ。生でヤレるなって俺が言ったら、誰とすんのよって怒られた」

そんな会話をしたのは、いつだったか。まだ圭子が四十になるかならないかぐらいのときだ。慎吾が家に来て、圭子の布団に入ってきたが、生理がはじまったのだと答えると、「俺、そのために来たんだぞ。せめて口でしてくれよ」と言われて、射精させたあとの会話だった。生理のときに口だけで射精させるのは、過去にも何度かあったし、特に屈辱を感じてはいなかったが、今考えると、自分が全く快楽を得られない性行為なんて、時間の無駄だ。

そのときに、生理の話になって、慎吾が自分の妻のことを言ったのだ。閉経したから生でヤレるなんて、下品な発想だと思った。自分もいつかそう言われるのだろうとも。でも慎吾はときどき若い女と遊んで、圭子を抱くのは義務のようなものだというのも察していたから、悲しくもなかった。

慎吾の妻はどう思っていたのか。愛人を自分の所有する家に住まわせ、社員として雇って、ときどき外泊し、それ以外にも遊んでいる夫。不安にならないのかと考えたことがあるが、「妻」という立場の強さは、それを補うほどに強いのかもしれない。

「妻」は、絶対的な存在だった。妻から慎吾を奪おうと考えたことも、最初の頃はうっすらあった気がするが、家と仕事を与えられると、それで満足もしていた。自分は慎吾にとって都合のいい存在だったけれど、それは慎吾も同じだ。

「あいつは、いつだ」

生理についての会話の中で、一度だけ自分の感情が動いたのは、慎吾がそう問うたときだ。慎吾の指は天井を指していた。二階にいる、灯里のことだ。灯里は当時、高校生だった。慎吾の言葉の意味は、すぐにわかった。わかったのと同時に嫌悪感が身体の奥から湧き上がってきた。灯里の生理はいつはじまったのかと聞いているのだ。

「中学入ってすぐだったかな」

嫌悪感を覚えながらも、正直に答えてしまう自分が情けなかった。

「思ったより遅いな」

「普通じゃないの」

「背も高いし、成長早そうじゃないか」

話を早く切り上げたかったので、圭子は「トイレ行く」と言って立ち上がり部屋を出る。ティッシュに吐き出して捨てたけれど、口の中に慎吾の精液の味が残っているのが不快だった。洗面所で口を漱ぐ。慎吾が本当は飲みこんで欲しがっているのは知っているけれど、それだけはどうしても嫌だった。

「愛してるなら、飲めるはずだ」

そう言われたこともあって、それができない自分はおかしいと責められている気がしていたけれど、そもそも慎吾を愛していたのだろうか。

永平寺に行ってから一週間が過ぎた。レイラからは〈東京の劇場で楽しく踊っています。こっちも寒いけど、寒さの質が違う感じ。芦原のほうが好きかな〉と、LINEが来た。

レイラが芦原にいないのは、寂しい気もするが、どこか安心感もある。レイラは、いい人だ。人情味に溢れ、おせっかいなほど親切で、優しくて、ヒロさんをはじめ彼女のファンたちは、彼女のステージもだけど、彼女の人柄に惚れているのがよくわかる。

だからこそ不安だった。

レイラが、怖かった。今、自分は「倉田沙世」として別人を演じている。人づきあいもなるべく距離を置き、それでいて怪しまれないように振舞っているつもりだ。

その仮面を、いつか自分で剝ぎ取って素顔を晒してしまいそうになる気がして怖かった。レイラがあまりにも無防備に自分をさらけ出して接してくれているから、偽りの自分しか見せられないことが心苦しくなるときがある。そんなふうに思ってしまうのは、危険だ。

慎吾の事件はときどき検索していたが、新しい情報はなく拍子抜けしていた。ドラマや映画のように、指名手配され自分の顔や名前がメディアに出て、ポスターにされてあちこちに貼り付けられるのだと思っていたのに。けれどよく考えてみたら、それは誰もが知るような重大事件の容疑者ばかりだ。

埼玉県警や警視庁のＨＰには、未解決事件の情報を求めるページがあったが、慎吾の事件はまだ載っていない。人がひとり殺されるぐらいは、日常のことなのだろうか。

午前中だけと頼まれて、旅館の布団の片づけを終え、昼食を食べて寮に戻った。本格的な蟹シーズンで、客は絶えない。今日の夜は、ここの旅館での宴会に呼ばれていた。客は十二人で、コンパニオンはアカリとふたりだけだと聞いていた。

アカリとはたまに顔を合わすが、美加の部屋に泊まって以来、ゆっくりする時間もなくて、たいした話はしていない。

夕方になり、コートを羽織り寮を出る。ここ数日は晴れて、雪はすっかり溶けてしまった。コンパニオンの制服に着替えロビーのソファーに座って十五分ほどすると、「おはようございます。今日もよろしくお願いします」と、アカリに声をかけられた。隣には菊池が立っていて、無言で頭を下げ、車に戻っていく。

いつもの手順で、アカリと一緒にフロントに行くと、和田が部屋番号の書いた紙を渡してくれた。

「埼玉から来た若手の会社経営者の集まりらしいです」

一瞬ドキリとしたが、埼玉だって広いのだと自分に言い聞かせる。

エレベーターで、五階の宴会場に上がる。「失礼します」と声をかけて襖を開けると、コの字形に並べられた座卓で、男たちが飲んでいた。何人か、すでに顔が赤く染まっている者もいた。三十代、四十代ぐらいか。その年齢で会社経営者というのは、親の地盤を継いでいるのか、そこそこやり手であるのか、どちらかだろう。

慎吾も三十代後半で父親の跡を継いだので「若手経営者」と呼ばれていたのは知っている。そうして同じような立場の仲間たちと集い、飲みに行くのが好きだった。どこかでサラリーマンを馬鹿にしているようなところが慎吾にはあったが、それが「親から引き継いだ」ものでその上に立っているからこその、自信の無さの裏返しだったこともわかっていた。

「アカリです」

「沙世です、よろしくお願いします」

ふたりでいつものように、正座して頭を深く下げる。

「よろしくぅ」

圭子とアカリは向かい合う席に分かれ、酒を注ぐ。

コの字形の一番奥の席に座っている男は、すでに酔っているようで、赤ら顔で目も虚ろだった。細面に吊り目の狐顔で、浴衣の合わせ目からあばら骨が浮き出ている。四十歳は超えているように見えた。

「昼間は、どちらかまわっておられたんですか」

と圭子が聞くと、

「予定では東尋坊か永平寺に行くつもりだったけど、飲みたいやつがいるから、バスで添乗員に昼間から開いてる店探してもらってさ、それからチェックインして温泉入って、いい気持ちになってるとこ」

圭子の隣に座っていた茶髪の男がそう言った。首元で、金色のネックレスが揺れている。

「アカリちゃんと沙世ちゃんか、年いくつ？」

アカリの隣に座っている太った男が聞いて、ふたりはいつもと同じように答える。

「アカリちゃん、若いね～。でも沙世ちゃんは熟女で色っぽいし美人だから許す！　ブスのババアが来たら、チェンジしようぜって話してたんだけど、合格！」

奥にいる狐顔の男が、そう口にした。

「合格でよかった。お客さんが若いって聞いてたから心配してたんです」と、圭子は答えるが、どうして男はこんなふうに容姿や年齢で女をジャッジするのを当たり前だと思っているんだろうと考えていた。飲みの席で、いちいち腹を立てていてはやっていけないから、今までそういうものだとやり過ごしてきた。自分も、それをわかって嘘の年齢を口にしているのだから。

「沙世ちゃん、おっぱい大きいね。好みだなぁ」

奥の男以外も既にだいぶ酔っているのだろう、向かい側の男が圭子の胸元を凝視して、そう言った。

「おい、やめろ。沙世ちゃんは俺のもんだから」

そう言って、圭子の隣の男が肩を抱き寄せる。男の口から煙草と酒の交じった臭いがして、圭子は一瞬息を止めた。「臭い、離せ」と口にできたらどんなにスカっとするだろうと考えながら愛想笑いをする。

「すいません、熱燗あと三本」

一番端に座っている眼鏡をかけた細身の若い男が、そう口にしたので、圭子は「はーい」と、男の腕をゆっくり払い、すっと立ち上がって部屋の外の仲居に注文を告げる。この男だけ、浴衣ではなくて自前らしき黒のジャージの上下を身に着けている。

「この旅館、アフターはあるの？」

圭子がひとつ隣に座りなおすと、向かいの髪の毛の薄い男が、小さな声で聞いてきた。

アフターの意味は、すぐにわかった。要するに、宴会後に性的なサービスをしてくれるのかということだ。

「昔は仲居さんが斡旋して、旅館も黙認してたけどね。でも、今はいろいろうるさいし、うちは変なことに巻き込まれたくないし悪い評判が立つのも嫌だから、知らないふりして」と、以前、美加に言われていたので、「ごめんなさい、私たちはそういうの知らないんです」と、答える。

「えー、じゃあコンパニオンさんも、エッチなことしてくれないんだ」

と、男は口を尖らせた。それなら最初から、普通のコンパニオンではなく、「ハード」のほうを頼めばいいのに、とは思ったけど、顔には出さない。もっともハードも、そこまで極端なサービスをしているかどうかは、圭子も知らない。

「私たちは、お酌する健全なサービスですから。東京のほうが、エッチなことできるところ、たくさんあるでしょ」

会話が聞こえたのか、アカリが笑顔のまま、そう口にする。

「でも、俺のツレが、北陸の温泉でエロいことしたって自慢してたけどね」

茶髪の男が、どこか怒ったように、そう言った。

「お前、こっち来て酌しろよ、若いほう」

一番奥に座っている狐顔の男が、アカリを見てそう言った。完全に酔って視点が合わず身体も揺れている。

アカリが立ち上がり、男の隣に座った。

「顔はいまいちだけど、脚は綺麗だな」

男がそう言って、手を動かす。テーブルの下に隠れてはいるが、アカリの太もも付近に触れているのは想像がついた。

「いつも脚は褒められるんです。でも、顔がいまいちは余計ですよぉ」

アカリは笑いながら、そう言って男の盃に酒を注ぐ。男は一気に飲み干し、片方の手を動かし続けている。アカリは「やだぁ」と言って、身をよじっているが、狐顔の男は一向に意に介さない。

「そこはだめ」と、アカリの口が動いた。

「なんでよ」

「だから、私たち、そういうのじゃないんです」

「金払ってんのに、指図するのか」

「嫌だって言ってるでしょ。やりすぎです」

アカリが真顔になり、男の手を払いのけたのがはっきりわかった。普段、さわられたぐらいでは、アカリはそんな態度はとらない。おそらく男がよっぽどひどいことをしたのだろう。

「やりすぎって、まだ何もしてないだろ」

狐顔の男がアカリの頭を押さえつけ唇を押し付けたので、圭子は止めようと立ち上がる。

他の男たちは笑っているが、アカリが「やめて！」と押し返すと、狐顔の男の表情が変わった。

「ブスが！　さわってもらえるだけありがたいと思えよ！」

男が大声を出した。

「去年の宴会で来たコンパニオンはな、もっと美人だったし俺らに注文なんかつけなかった。だいたい、若いくせに男に酌して金もらうしか能がない女なんだから、黙ってさわらせろ、ブスのくせに」

まあまあと取りなすのが自分の役目だと圭子もわかっている。アカリよりも年上なのだから、ここは自分が収めなければいけない。

周りの男たちは、ただ苦笑いしながら酒を口にしている。

「なぁ、こいつブスだよな。若いだけが取り柄なんだから、客に逆らうなんてコンパニオン失格だろ。美人なら許すけど、ブスは退場！」

狐顔の男はそう言って、笑いだした。

アカリの首筋が赤く染まっている。歯を食いしばり、怒りを抑えているのがわかる。

その様子を見て、圭子は堪(こら)えきれず口を開く。

「ブスじゃない！　アカリちゃんはブスじゃない！　人のことブスって言う自分は何様のつもり?」

ほとんど無意識で、そう言っていた。

「私たちはお金をもらった分の仕事はするけど、傷つけられていいわけじゃない！」

流れるように言葉が出てきたが、そこまで言ってなんとか止めた。

「ババアが何ほざいてんだよ！　金払わねぇぞ。ブスの次はババアが文句つけやがって、最悪だな。俺たちは客だぞ」

男がゆらりと立ち上がって圭子をにらみつける。

「待ってくださいよ、立花社長」

一番端に座っていたジャージ姿の若い男が立ち上がり、「立花社長」と呼ばれた酔っぱらった狐顔の男の隣に来て肩に触れる。

「性的サービスを受けたいなら、そう言ってくれたら、僕がそういう店を探したのに」

若い男は穏やかな口調で言葉を発しているが、声には凄みがあった。

「社長、穏便にお願いしますよ。今の世の中ね、誰かが社長の会社の名前と共に何があったかSNSで発信でもしたら、どうします？　セクハラしたって大騒ぎになったら、会社ごと炎上するかもしれませんよ」

社長と呼ばれた狐顔の男は、黙って目を逸らしている。

「たかがコンパニオンだろ、それにミニスカート穿いて、脚出して」

「だからってさわっても犯罪にならないなんてことないですよ。それが許されるなら、痴漢も逮捕されないでしょ。社長、覚えてますか？　去年、うちの会社の役員が痴漢で逮捕されて、大騒動でした。離婚して、会社も辞めざるをえなくて、ネットでは会社の名前が出てしまって、あのときは大変だったんですよ」

ジャージ姿の男の口調が強くなって、観念したのか、「立花社長」は無言で座り込む。

「社長、うちは今後もお宅と取引したいんです。だから、ご理解ください」

若い男のほうが、仕事での立場が上なのだということに圭子は気づく。さきほど圭子が抱きつかれているときに、酒の注文をしたのも、さりげなく助けてくれたのかもしれない。

狐顔の男がおとなしくなったので、ジャージ姿の男が圭子たちのもとに来て、頭を下げた。

「どうもすいませんでした。時間は早いけど、今日はこれでお開きにしてください。我々はもう少し、反省会がてら飲みます。少ないですけど……」

男が、財布から一万円札を二枚取り出して、圭子とアカリに渡そうとした。

「いいえ、こんなに……」

「お詫びです。受け取ってください」

アカリと顔を合わせるが、男が引き下がらないので受け取った。

口止め料かもしれないと、圭子は思った。それならばもらったほうが、お互い安心だ。

男は部屋の外まで出て、エレベーターの前で、再び弁解した。

「本当に、申し訳ありません。どうかお許しください。あの社長、婿養子で自由になるお金も少なくて、こうしてたまに友人たちと旅行しては羽目を外すしか楽しみがないんです。普段はおとなしいけど、酒を飲むときだけは強気になれる、可哀相な人なんです」

男の口調からは、同情よりも侮蔑を感じた。

アカリと圭子が口を開くより先に、エレベーターの扉が開いたので乗り込んだ。男はもう一度頭を下げていたので、表情は見えなかった。

迎えまでまだ時間があるせいか、ロビーに菊池の姿は見えない。

観光バスが到着したようで、フロントの前で、添乗員が客たちに鍵を渡している。家族連れもいて、走り回っている子どもの姿もあった。

「沙世さん、さっきはありがとうございました」

ソファーに座ると、アカリがそう言った。

「ううん。本当はもっと穏やかに収めなきゃいけないのに、つい感情的になってしまって……」

「あれぐらいのこと、ハードの仕事で慣れているし、さわられるぐらいなら適当に逃げるけど、キスと……下着に指入れてきたから、さすがに止めたんです。今日は、ハードじゃなくてノーマルの仕事のつもりで来てるから、エスカレートするのはよくないって。さっきは本当にあの場でやられちゃいそうな勢いだったから」

やはりそうだったのかと圭子は頷いた。

「セコいんですよね。もっとエッチなことしたければ、そういう店に行けよって」

そう言ってアカリは笑顔を作るが、どこかこわばっている。

「謝られたけど……もしあとであのエロオヤジがクレームつけたりとかしたら面倒だから、美加さんと和田さんには、何があったか報告しておいたほうがいいかも――あ」

玄関の自動ドアの外側に菊池の姿が見えた。

「うちの旅館には私が話しておくから」

「じゃあ、美加さんには私のほうから言っておきます」

そう言って、アカリは立ち上がる。

「沙世さん、巻き込んでごめんなさい。でも、庇(かば)ってくれて、嬉しかった」

アカリがじっと圭子を見つめて、話し続ける。

「私、母親に、ブスだから手に職つけろ、ブスは人に甘えたり頼ったりできないからって言われ続けてきたんです。だから、さっき沙世さんに庇ってもらって、沙世さんが本当の母親だったらよかったのになんて――」

圭子の脳裏に、アカリとは全く似ていないはずなのに、娘の顔が浮かぶ。

「私が恋愛に依存しちゃうのって、自分はブスだから人に甘えてはいけないって思ってた反動なのかもしれないですね」

アカリの目が、少し潤んでいた。

ブスじゃない、あなたをそんなふうに言う人間がいるならば、そっちのほうが間違ってるんだよ――と、叫びたい衝動にかられる。

「アカリちゃん、もしも私があなたの母親だったら――誰かに甘えても頼ってもいい、でも、ひとりで生きていける人間になりなさいって、言うかもしれない」

とっさに圭子の口からそんな言葉が漏れた。

アカリは泣きそうな表情で、もう一度圭子を見つめる。

圭子は、もっと何か言葉をかけるべきか考えていたが、さきほど到着した観光バスの客のひとりだろうか、ロビーで走り回る子どもの手を引いた男がすれ違いざまに自分たちをじっと見つめているのに気づいた。

「聡子？　聡子じゃないのか」

観光バスの客が鍵を受け取り、それぞれの部屋に向かうなか、こちらを見つめている男が、口を開く。

聡子――それがアカリの本名だと圭子も知っていた。

「聡子だろ？　久しぶりだな。俺だよ、翔太（しょうた）」

アカリの表情が一瞬にして固まる。

男は二十代後半ぐらいだろうか。隣にいる色違いのパーカーを着たショートカットの女が、きょとんとした表情をしている。

「聡子、なんでこんなところにいるんだ？　しかもその恰好……」

身体に張り付いたコンパニオンの制服のミニスカートのせいか、「翔太」という男が怪訝そうな目でアカリを見ながら、近づいてきた。

アカリは無言のまま、男を振り払うようにして、玄関の外に出た。菊池は、目が合った圭子に頭を下げ、アカリを追うように出ていく。

「なんだよ、あいつ」

パーカーの男は不満そうな顔をしながらも、「パパー！　ゲームしたいー！」と言う子どもに追い立てられるように、エレベーターのほうへ向かった。

女が「誰？」と問うと、「九州の従妹（いとこ）の聡子」と男が答え、そのままエレベーターの中に入り消えてゆく。

何が起こったか、容易に想像はついた。アカリが心配で、圭子も外に出たが、菊池の車は発車したところだった。

圭子はロビーに戻り、フロント係に声をかけて、和田を呼び出してもらった。和田はすぐに姿を現した。

「どうしました？」

「少し、お時間いいですか」

「さっき団体が来たので、今バタバタしてるんです。明日の夜は、どうですか。倉田さんのご予定は」

　翌日の夜も、ここの旅館でのコンパニオンの仕事が入っていた。二時間で終わるだろうから、それから着替えても、夜の九時には自由になれる。

「明日は九時頃なら……でも大丈夫ですか？　そんな長くなる話ではありませんけど」

「せっかくだし、今後の仕事のことも含めて、倉田さんとはちゃんと話がしたいと思っていたんです。九時にしましょう。いつもここの社員食堂では飽きるでしょ？　ついでに食事しましょう」

　エレベーターを降りた仲居が、「支配人」と、和田を呼んだので、圭子の返答を待たずに和田は立ち去っていった。


　翌日、仕事が終わりいったん寮に戻って、圭子はセーターとジーンズに着替えた。〈寮の前に車まわしますから〉と、その前に和田からＬＩＮＥが来ていた。おそらく旅館のロビー等で待ち合わせをしたら、人目につくからという配慮だろう。

　九時ちょうどに寮を出ると、グレーの車が停まっており、和田の姿が見え、圭子は助手席に乗り込む。普段、見慣れない黒いセーターを着ていた。

「車で二十分ぐらいの、たまに行くレストランがあります。レストランて言っても、たいしたものじゃないですが。酒も飲めますので、よかったらどうぞ」

そう言って、走り出す。雪は無かったが、気温が低いのは温泉街を歩く人たちの息の白さでわかる。

「何かあったんですか」

和田が切り出してくれたので、圭子も口を開く。

「昨日の宴会で、ひとり、ひどく酔っぱらったお客様がいらっしゃったんです。度を越したふるまいをされたので、私、怒ってしまって……」

「倉田さんが、何かされたのですか」

「いいえ、アカリちゃんが、です。本来、穏やかにその場を取りなすべきだったのでしょうが、それができなくて、申し訳ありません」

街中を抜けると、暗い道になり、どこを走りどこに向かっているのか圭子にはわからない。

「度を越したふるまいとは……言える範囲で具体的に話してくれませんか」

「……下着の中に手を入れたり、キスしたりしたんです。彼女がやめてくださいと言うと、彼女の容姿を罵倒しました。それで、つい……アカリちゃんは、あくまで穏やかに躱そうとしていたんです。でも私のほうが我慢できませんでした。申し訳ありません」

「他のお客様は、どうでした?」

「一番若い男性が、酔った方を注意して、私たちにも謝罪してくださいました」

お金をもらったことを言うべきか迷ったが、アカリが美加にどう伝えているかわからないので、躊躇いがあった。

「難しいですね。お客様は、温泉場ではリラックスして、日頃の疲れを癒してお酒も飲みすぎてしまい、羽目を外すことはよくあります。だからといって度を越した行為は、場所を提供している側としても、許せるものではない。昔はそういうのも含めての温泉でしたけれど、今はそんな時代ではない。でもそれがわかってないバカな客は、ストッパーがないと、どんどんひどいことをします。倉田さんだって」

そこで和田は少し間を置いて、再び口を開いた。

「……何かされてたかもしれない。アカリさんは抵抗してよかったんですよ」

和田がそう言ってくれたので、少しばかり圭子は気が楽になった。

目前に大きく光る看板が見え、和田の車が駐車場に入る。

二階建ての建物で、英字の看板や外観を見る限りは、イタリアンだろうか。中に入ると、個室に通された。すべての席が仕切られて個室になっている店だった。

四人席に向かい合って座り、圭子は赤ワインを、和田はジンジャーエールを注文する。自分だけ飲むわけにはいかないと断ったのだが、「私は運転するから飲めないけど、こういう店だから、酒を注文してくれたほうが居心地がいい」と言われたのだ。

メニューを開くと、値段はそう高くない。ファミレスと変わらないぐらいだ。シュリンプサラダと、チーズの盛り合わせ、サーモンのカルパッチョ、牡蠣のアヒージョ、ペペロンチーノを注文する。

こうして、和田と向かい合っているのは不思議だった。旅館以外で会うことも。ふと、先日、美加から和田のことで「忠告」を受けたことを思い出した。

「私、高校を卒業して、東京のホテルで五年ほど働いていたんですけど、東京は水が合わなくて、地元の福井に戻ってきて一時期は海産物屋で働いていました。実家は若狭の小浜という京都に近いところです」

小浜——圭子が生まれた宮津に近いというのは知っていたが、もちろん口には出さない。

「その頃親にすすめられて、高校の同級生でもあった妻と見合いし、結婚しました」

「お子さんはいらっしゃるんですか」

「はい。三人いて、二番目が結婚して、上の娘と息子は独身です。息子のほうはまだ家にいます。こんな仕事をしていて、日曜祝日は休めないし、夜も遅いことが多いので、かまってやれませんでしたけどね」

和田はそう口にするが、その言葉には感情はこめられておらず、淡々としている。

「最初の子どもができてすぐ、海産物屋に出入りしている人の紹介で、うちの旅館で働き始めたんです。最初は単身赴任で、寮にいました。小浜からは結構な距離がありますからね。二年経って落ち着いてから、妻子を呼びました。四十前に、前の支配人が倒れて、急にこの役職に就いたんです。それから去年、還暦を過ぎて——いろんなことがありました」

和田はジンジャーエールを呑んだせいか、口を押さえゲップをした。

「倉田さんのように苦労されている方なら、わかってもらえるでしょうけど、嫌なこと、つらいこと、たくさんありました。言いがかりですが、お客さんに訴訟を起こされたこともあります。責任者ってのは、面倒な立場ですよ」

セーターのえりぐりから見える和田の首筋には、シミが見えた。

「ああ、話を聞くつもりが、愚痴ってしまった……。でも、倉田さんには、なんとなく心を許してしまえる何かがあるんです。癒し系というやつですかね」

　圭子は頷きながら、運ばれてきたパスタを取り分ける。酒を飲んでいない和田のほうが酔っぱらっているようで、目元も赤い。蟹シーズンで疲れているのだろう。それなのに、こうして外に連れ出してもらい、申し訳なくなった。

「客の質は昔に比べて悪くなりました。こっちも値段を下げたから、しょうがないです。すべてこの国の政治が悪いんですよ。テレビやネットのニュースを見るたびに、政治家がバカ過ぎて苛立ちます。与党も野党も、ロクでもないヤツばかりだ。あいつらのせいで、いつまで経っても不景気で、そのくせ人手不足です。私も、還暦過ぎたら悠々自適の生活をするつもりだったけど、辞められないままです。倉田さん、福井県は、どうですか？」

「どうと言われても……」

　安易に、「いいところですね」と答えるには躊躇いがあった。

「倉田さん、東京の人でしょ？　私は東京は水が合わなかったけど、遊ぶ場所も多くて、それなりに楽しかったですよ。最近になって、よくあの頃のこと、思い出すんです。あのまま東京にいたら、妻と結婚することもなく、こんな田舎の旅館に閉じ込められることもなく、どうしていたんだろうなぁって……」

　もうひとつ、別の人生があったんじゃないか——この男も、自分と同じことを考えているのだ。

　ずっと、自分には違う人生があったはずなのに、どこで間違えてしまったんだろうと思っていた。不誠実な男に逃げられ、娘をひとりで育て——灯里のことは大事だけど、どうしても

「間違えた」という気持ちが常にあった。

だから自分は、あのとき慎吾の死体を目の前にして逃げた。警察に出頭するという手もあったのに、ほとんど衝動的に逃げてしまったのは、刑務所に入る前に、違う人生を生きてみたかったからだ――。

そう振り返ると、急に向かいに座った男が不憫に思え、同情に似た感情が湧いた。

「地元は嫌いじゃないけど、狭い世界で、不自由です。何もかも雁字搦め（がんじがら）で、たまに逃げたくなります。今、うちの両親も年とっちゃって、父親は施設に入れたけど、妻が母の介護をしてくれています。ありがたいけど、こっちにストレスぶつけられて、家にいる息子も就職せず、いわゆる引きこもりってやつで、家に帰る度にうんざりしますよ。まだ旅館で、客のクレーム聞いてるほうがマシかもしれません」

慰める言葉が見つからず、圭子はただ聞くだけしかできなかった。

「そろそろ、出ましょうか」

食べ終わり、伝票を手にして和田が立ち上がる。

支払いを終え、車に戻ってから、「倉田さん、昨日の宴会の件、気にしないでください。もし客が何か言ってきても、こっちで謝り倒して、それでも騒がれたら出禁（できん）にします。どうせたいした客じゃない」と言われた。

「ありがとうございます」と、圭子は口にする。

和田はエンジンをかけたが、車を走らせようとはしなかった。

「沙世さん、寂しくないですか、独り身は。北陸の冬は、冷えるでしょ。こうして夜、外に出ても、真っ暗で――」

和田の手が、圭子の膝の上に置かれた。

予感はしていた。食事をしているときから、和田の眼つきが変わっていたからだ。建前では女性を守るようなことを言っておきながら、結局は欲情しているだけではないかと冷めた気持ちもある。それでも男に欲情されるのは気持ちがよくて、和田の手が置かれたところから熱が伝わって下腹部に小さな疼きが湧き出している。

美加の「忠告」が蘇ってきたが、恩義があるのは、美加よりも和田のほうだ。芦原に来て以来、ずっと親切にしてくれて世話になった。決して男として魅力的とは言えないけれど、嫌いではない。何より、さきほど食事中に自分の中に芽生えた同情心が、和田を拒めないでいる。

「寂しいです」

そう口にしたときに、鈴木の顔が浮かんだ。あれから連絡がないけれど、また会えるのだろうか。少なくとも、今ここで隣にいる男は、自分とセックスしたがっている。

「私も寂しい。今日は少しだけ、寄り道しましょうか」

そう言って、和田は車を発車させた。

今どき、こんなホテルが残っていたのかと圭子は感心した。

「くつろぎ」という名前のホテルは二階建てで、部屋の下にそれぞれ駐車場があり、階段を上がり部屋に入る。どういうシステムになっているのか、部屋に入ったらすぐ電話があり、和田が「休憩、二時間で」と告げた。

部屋は広めで、濃いピンクのカバーがかかったダブルベッドがある。壁はピンクと白のストライプで、建物と比べて色が鮮やかなのは壁紙を貼りなおしたのだろう。

「水は無料です。ビールやジュースは有料だけど」

冷蔵庫から取り出したミネラルウォーターを和田は圭子に渡した。ベッドの脇にあるソファーは、光沢のあるピンクのシートだった。和田が何度か、ここを利用しているのは、わかった。

「こういうホテル、まだあるんですね」

「新しくて綺麗なホテルじゃなくて、すいません。一番近いのがここだったもんで。でも、昭和っぽくていいでしょ。最近のラブホテルって、ビジネスホテルを綺麗にしたようなシンプルなものが多いじゃないですか」

ここ数年、ラブホテルなんて、歌舞伎町で鈴木と何度か入ったぐらいだ。けれど昔、それこそ慎吾とつきあい始めた頃、「嫁に見つかるとヤバい」と、車で一時間近く走って入った郊外のラブホテルがこのような造りだった。

一番近いからと和田は言うが、値段の安さもあるだろう。さきほど入口のパネルを見たとき、そう思った。

並んでソファーに座っていると、和田の手が伸びて圭子の肩を抱く。

「もう、六十過ぎてるんで、期待はしないでくださいね」

「私だって、若くないです」

「還暦過ぎから見たら、まだ全然若いですよ。一回り以上、年が離れてる。しかも、沙世さん、若く見えますよ、四十代にはどうしたって見えない。面接したとき、綺麗な人が来たって、驚きました」

そう言って、和田は顔を起こし、圭子の唇に自分の唇を触れさせる。舌は入ってこない、ただ唇を合わせるだけのキスだった。和田の自分への呼び方が、「倉田さん」から「沙世さん」に変わっていることには気づいていた。

嫌悪感もなければ、悦びもない。ただ少し、煙草の臭いと、さきほど食べたペペロンチーノのせいか、ニンニクの臭いもする。

「シャワー、一緒に浴びます？」

和田にそう問われて、一瞬考えたが、「恥ずかしいから、今日は別々に。先に入ってください」と答えた。口にしてから、「今日は」なんて言葉を使うのは、まるで次があるのを期待しているかのようだと焦った。本気でそう思っているはずもなく、男への媚に過ぎないのだが。

わかりましたと言って、和田は立ち上がる。セーターを脱いで、丁寧に畳む。スラックスの下には、黒いズボン下を身に着けていたが、気恥ずかしいのか素早くそれも脱いだ。

思ったよりも肉はついていないというか、痩せている。そしてちらりと見えた尻に、女だけではなく男も加齢で尻は垂れるのだと思ったのは、鈴木と比べてしまったせいか。

鈴木の身体には無駄な肉がついていなかったが、貧相ではなかった。骨に沿ってほどよく筋肉がつき、何より肌が美しかった。あんな若くて美しい男と比べてはいけないと、圭子は自分に言い聞かせる。自分だって本当は四十半ばを過ぎた女なのだから。たとえいくら「綺麗だ」と言われても、脱いだらアカリのような若い娘には勝てるわけがない。

五分もせぬうちに、バスタオルを腰に巻いた和田が出てきた。シャワーの水がかかったのか、薄い髪の毛が地肌に張り付いている。

圭子は素早くセーターとジーンズ、上下揃いではないブラジャーとショーツを脱ぎ、浴室に入る。汗をかいているわけではないので、軽く流すだけでいいとはいえ、ボディソープを陰毛につけて泡立て、指で襞をかき分けるように洗った。舐められるか、見られるだけかははじまってみないとわからないけれど、ここは特に清潔にしておかないといけない。若くないからこそ、清潔さは重要なのだ、男も女も。

シャワーを終え、洗面所の鏡を見た。化粧ポーチを浴室に持ってこなかったので、化粧直しが出来ないが、きちんと塗るのも不自然だろうと思った。食事をしたので、口紅はとれている。けれど、倉田沙世は美しい――圭子は鏡に映る自分に、そう思う。作り物の美しさだろうがなんだろうが、美しさは武器になる。女は自己演出と化粧と整形で、どうにでもなるのだ。それがわかっていたのに、どうして自分は今まで何も努力せず、慎吾に縋って生きてきたのだろう。わかっている。楽だったからだ。劣等感を言い訳にして、自分の不幸を過去の男のせいにして何もせずにいるほうが、流されるように生きられて楽だった。

この前、金沢のホテルで鈴木に言われた、「あなたは弱い女じゃない」という言葉を思い出す。鈴木の言う通りだ。

バスタオルを纏って浴室を出ると、薄暗い部屋の中で和田はベッドに入ってスマホを眺めていた。圭子が隣に身体を横たえると、和田が再び唇を寄せてくる。今度は舌が入ってきた。生暖かい軟体動物のような舌に、圭子は自分の舌をからませる。

「見せて」

和田はそう言って、圭子のバスタオルを剝いだ。和田はすでに腰に何も纏っていない。茂った毛の奥に、半分皮を被った褐色の亀頭が見えた。

「綺麗なおっぱいだ」そう言って、和田は圭子の胸に顔を埋め、乳首を口に含んだ。そうされると、和田の頭頂部が目の前に来る。慎吾は白髪はあったけれど髪の毛の量は多く、「ロマンスグレーだ」と、それを自慢していたのを思い出した。

「久しぶりなんで、勃つかな……ちょっと手伝ってください」

和田がそう言って、圭子の手を自分の股間に添える。半分ほど堅くなっている感触だったが、この程度だと挿入してもすぐ萎えてしまいそうだ。

「あ、気持ちいい」

圭子が軽く手を上下に動かすと、硬度が増してくるのがわかった。お礼のつもりなのか、和田の指が圭子の太ももの間に滑り込んでくる。指を中に入れられてぐりぐりと動かしてきたので、「ごめんなさい、ちょっと痛いかも」と言うと、抜いてくれた。

「濡れてる」

と和田は嬉しそうに口にする。性的に興奮しているとは自分では思っていなかったので、意外だった。鈴木を思い出したことによって身体に潤いが戻っているのだろうか。

「口で堅くして。でなきゃ入らない」

一度、圭子の手の中で硬度を増したはずの和田のペニスは、再び柔らかくなっていた。

「沙世ちゃんに興奮してないわけじゃないんだよ。年で、久しぶりで、いきなりのことで薬もないし、何より沙世ちゃんみたいな若くて綺麗な娘を目の前にして、緊張してる」

今度は「沙世さん」が「沙世ちゃん」に変わった。

言い訳する和田の股間に圭子は顔を寄せた。シャワーを浴びているはずなのに、むわぁんと男の臭いがした。加齢臭だけは洗っても落とせないのは、慎吾で知っている。

圭子が口を動かすと、和田のペニスが堅くなっていく。

「ありがとう、早いけど、我慢できないから――」

そう言って、和田が圭子の頭から身体を離し、ベッドの枕元の避妊具を手にして、急いで装着した。ちゃんと避妊具をつけてくれるのだと、安心した。けれどそれは圭子のためではなく、保身のためかもしれない。素性のよくわからない、金に困っている訳ありで離婚歴のある独身女をつい妊娠させでもしたら、破滅だということぐらいは想像がつくのだろう。あるいは、そういう経験がすでにあるかだ。

圭子が両脚の力を緩めると、和田が覆いかぶさるようにして、圭子の脚の間に身体を置く。指先を舐めて股間に触れるのは、唾液で潤しているのだろう。

「挿れるよ――」

そう言われて、股間に異物が入ってくる感触があった。痛みはない代わりに、悦びもない。

「ああ……やっと沙世ちゃんとひとつになれた」

芝居じみた台詞だと冷めた頭の中で考えてしまうが、声のひとつも出さないといけない義務感にかられた。

「気持ちいい？」

和田が腰を動かしながら、そう聞いてくる。

「うん、気持ちいい」

そう言って身をよじらせながら、また鈴木のことを考えてしまった。鈴木はとにかく、圭子にどうしたら気持ちがよくなるか聞いてくれて、奉仕してくれた。今、自分は上で腰を動かしている和田に対して、萎えさせないように、不快にさせないように気遣いながら振舞ってしまっているせいで、気持ちが昂らない。それ以前に、男として魅力を感じてもいない。求められたのが嬉しくて、応えただけだ。

しばらく和田は腰を振り続けていたが、「ダメだ」と、身体を離した。

「ごめん、沙世ちゃん、やっぱり久しぶりで……」

申し訳なさそうに、和田が呟く。避妊具がすべり落ち、和田のものがすっかり萎えているのが見えた。自分が本当は感じていないのが、和田に伝わったのかもしれない。

「沙世ちゃんは魅力的だから、気にしないで」

「大丈夫です。私こそ」

「沙世ちゃんのせいじゃない。あー、年だな。疲れてるのもあるかも」

和田はそう言って、ベッドにうつ伏せになる。

「正直言うと、ここ数年、上手くいったためしがないんですよ。風俗ならいけるんだけどなぁ。やっぱ薬とか飲んだほうがいいのかな」

「和田さんも、そういうところ行かれるんですね」

「行かない男、いるのかな」

人それぞれでしょうとは思ったけど、口にはしない。

「次回は挽回しますから」

和田はそう言って顔をあげ、沙世の唇を吸った。

次回があるのだろうか——と、沙世は考えた。和田とは、またこういう機会があっても上手くいくとは思えない。

それにしても美加はこの男と長年関係があったはずだが、こんなセックスでもよかったのだろうか。それとも、相手によって違うのか、和田の言う通り、老いがいけないのか。

美加とのことを聞きたい衝動にかられたが、抑えた。

ホテルを出て、車の中ではやはり気まずいのか、和田はラジオのボリュームを上げて聴き入っていた。寮に戻ると、何もかも洗い流したくなり、圭子は急いで浴場に向かった。

翌日の夕方、夜の宴会のためにそろそろ準備しようと化粧をしていると、美加からＬＩＮＥが来た。画面を開くと、〈今日のメンバー、ひとりチェンジです〉という文字が目に入った。

〈急だけど、仕事辞めるって、アカリちゃんから昨日の深夜、連絡がありました。詳しいことは、またね〉

圭子は、おととい、旅館のロビーで、親族と思しき男から、「聡子」と話しかけられていたアカリのこわばった表情を思い出した。

5

冬に咲く花だとすら、知らなかった。

右手に越前海岸を眺めながら、車の後部座席に圭子は座っていた。運転手はヒロさんで、圭子の隣にはレイラがいる。

「本当は、自家用車じゃなくて、バスに乗って走るとちょうどいい高さで、山肌の水仙がもっとよく見えるんだけどね。しょぼいおっさんの運転するしょぼい車で申し訳ない」

「何言ってんのよ、ヒロさん。最高のドライバーよ」

レイラたちが話している間、圭子は山際から海に向けて花びらを広げている白い花を見つめていた。

「福井県の花が、水仙なんですよ。この辺りが群生地で、冬の寒いときに、一斉に花を咲かせるんです。あと、わかりますか、街灯見てください」

ヒロさんにそう言われ、前方にある街灯を見て、圭子は、「あ」と、声を出した。

「水仙の形の街灯なんです。珍しいでしょ」

圭子は、小さな白い花冠と黄色の副花冠を持つ花の様に魅入っていた。

三日前に、レイラから〈どうしても見て欲しいものがあるから、お昼に少し時間ちょうだい〉とＬＩＮＥが届いた。レイラは昨日まで東京の劇場にいたので、今朝帰ってきたばかりだが、えちぜん鉄道のあわら湯のまち駅で待ち合わせて、ヒロさんの車で越前海岸に向かった。

「東京で踊ってて、思い出したのよ。そうだ、水仙の時期が終わっちゃう！　って。一番盛りは過ぎちゃったけど、沙世ちゃんに見て欲しかったのよ、越前の花を」

芦原から東尋坊のある三国を抜け、越前海岸を走り、ところどころに水仙の花が咲き誇っている様子を車窓から見物している。

晴れてはいるが、波は岩に当たり飛沫をあげている。冷たく厳しい日本海と対照的に、凛としながらも可憐な白い花は、ひとつひとつが意思を持っているかのように海を眺めて咲いている。風になびきながらも、根を張っていて強く大地とつながっている。

こうして冬の海に向かって咲く水仙を目にして、「強い花だ」と、はじめて思った。凍てつく寒さの中、しなやかに伸びて咲くその花を。

「花言葉、知ってる？」

レイラが問うてきた。

「知りません。なんですか？」

「うぬぼれ、だって。沙世ちゃん、ギリシャ神話とか、詳しいほう？　ナルキッソスって、知ってる？」

「名前だけは聞いたことがあるかも」

レイラは手元のお茶に口をつけたあと、話し始めた。

「ナルキッソスっていう名前の、美しい少年がいたの。けれど彼は、自分に恋する者を侮辱したり、彼に恋して苦しんで死んだ人たちもいて、神様の怒りを買った。神様は、他人を愛せないナルキッソスが、自分に恋をするという呪いを彼にかけたの。彼は泉に映った自分の姿に恋をした。けれど手を伸ばしてもつかめず、触れることもできない。苦しんだ彼は、泉に映る自分に触れようとしてそのまま水の中に落ちて死んだそうよ。その泉の畔（ほとり）に生えていたのが、水仙なんだって」

「へぇ……」

圭子は感心した。そんな神話があることも知らなかった。

「ちなみに、ナルシストって言葉の語源も、ナルキッソス」

「レイラさん、詳しいですね」

「だって、越前は私の第二の故郷だし、ナルキッソスと水仙の花にちなんだ演目も作ったのよ。久々に踊ろうかな、沙世ちゃんが来てくれる日に」

レイラは楽しそうに、そう言った。

仲良くなると、近づきすぎると危険だ――そうは思っていたけれど、レイラが芦原にいない日々を、少し寂しくも感じていた。

一週間前にアカリがいなくなった。

美加から、アカリが急に辞めたと聞かされた。あれから一度、美加が送迎で芦原に訪れて顔を合わせたが、他のコンパニオンもいたために、少ししか話はできなかった。

「どうも、知り合いに会ったらしいのよ。あの娘、家を出てるでしょ。居所知られたくないみたい」

「どこに行くかとか、言ってませんでした？　確か、彼氏と一緒に住んでましたよね」

「私も聞いたのよ。あてはあるのか、彼氏はどうするのって。彼氏とは別れるって言ってた。前から、彼氏がコンパの仕事嫌がってるとか、女癖が悪いとか、うまくいってなかったし、これを機にってとこじゃない？　次どこ行くのって聞いたけど、わからない、まだ若いからなんとかなると思うって、自分で言ってた」

そう言って、美加は苦笑していた。

「あの娘、しっかりしてたし、責任感あって遅刻や仕事を休むこともしないし、重宝してたんだけど、仕方ないわよね」

美加の態度がそっけない気がしたが、このようなことは今まで何度も経験しているので、またかといったところだろうか。

アカリは娘の灯里と同い年で、芦原に来てから世話になっていたので、圭子としては寂しい以上に心配もしているのだが、自分も逃げている身なのでどうしようもない。せめてどこかで元気でいてくれと願うしかなかった。

「このお茶、美味しい」

圭子は、水筒に入っていたお茶を蓋に注いでごくりと飲んで、そう口にした。

「でしょ。そのお茶、ヒロさんの京都土産のいいやつなのよ」

わざわざレイラは、水筒にお茶を入れて持ってきてくれたのだ。

子どもが遠足に持っていくような昔ながらのステンレスの水筒で、灯里にお弁当と一緒に持たせていたのをつい思い出した。

途中、公園のような場所で、車を停める。

天気はよかったが、さすがに、外に出ると寒い。

「一緒に写真撮ろうよ、記念写真」

レイラにそう誘われて、「いいですね」とは口に出来なかった。顔を変えているとはいえ、なるべくなら、記録に残ることは避けたい。けれど断ったら不審がられるかもしれないと考えて口ごもっているうちに、ストリップ劇場でもそうされたように、強引にレイラに肩を抱かれて並んでしまった。レイラのスマホをヒロさんが掲げて、シャッター音が鳴った。

「ヒロさん、ありがとう。沙世ちゃんとツーショット、嬉しいな」

レイラがそう言って、スマホを受け取る。

「沙世ちゃんがレイラちゃんと仲良くしてくれて、ワシも嬉しいわ。踊り子はもうほとんど、レイラちゃんよりかなり年下やから、慕ってはいるけど気も使いあうしなぁ。年の近い友達といるときは、レイラちゃんも心底楽しそうや」

友達なのか——と、圭子は、その言葉を心の中で繰り返す。

「ワキさんが、沙世ちゃんと会わせてくれたのよ、東尋坊で。私が寂しがってるだろうって」

そう呟いて、レイラは東尋坊で自ら命を絶った男を思い出したのか、目を潤ませる。

「沙世ちゃんと一緒に水仙見られてよかった。自慢の景色なんだ、これ。来年も一緒に見に来ましょうね」

レイラはそう口にするが、自分に「来年」などあるのだろうか。圭子は笑みを浮かべてごまかすしかできなかった。

「福井のいいところ、沙世ちゃんにもっと知って欲しい。次、時間あるときに、竹人形の里につきあって」

「竹人形？」

圭子が聞くと、レイラがバッグの中から手帳を取り出し、はさんであった一枚の写真を差し出した。

圭子はその写真を手にして眺める。

木で出来ているのか……いや、これは竹だ。一輪挿しの水仙が、すらりと背の高い女のように凛として壁にかけられている。

「『越前竹人形』っていう、福井県若狭出身の作家の水上勉の小説があって、映画化もされてるんだけど、綺麗でしょ？　これは人形じゃなくて水仙だけど、水仙の演目を作ったときに、ワキさんが、『レイラちゃんみたいだ』って言って、『越前竹人形の里』で買ってプレゼントしてくれたのを部屋に飾ってる。持ち歩きたかったから、写真撮った。ちなみに小説に芦原温泉も出てくるの」

写真だけでも、十分に美しいのがわかる。

確かに、竹で作られたシンプルですっくと伸びた水仙の花は、ステージに立つレイラのようだ。

「綺麗ですね、素敵」

「竹人形の髪の毛もね、一本一本、竹をしならせて作られて……すごい技術よ。竹人形の里は、芦原からそう遠くないし、今度一緒に行きましょう」

圭子が写真を返すと、レイラは元通り手帳に戻した。

「沙世ちゃんの好きな花って、何？」

レイラが聞いてくる。

好きな花――今まで、考えたこともなかった。慎吾とつきあい始めて最初の誕生日に、小さな薔薇の花束をもらって、嬉しかったことだけは記憶にある。

「……薔薇……ううん、わからない」

「そうなんだ、でも、水仙見て、綺麗だと思ったでしょ」

「はい」

圭子は頷く。

「それでいいのよ、綺麗なものを眺めて、美味しい物食べて、ちゃんと寝て……そうやって日々を過ごしていけばいいのよ。とにかく生きていたら、何とかなるから」

レイラの言う通りだと思った。自分は福井に来てから、食と温泉と景色、そして花の美しさを味わって生きている。今までだって、楽しいことはあったはずなのだが、思い出せない。自分はずっと、人生を楽しんではいけないと喜怒哀楽を抑え込んで生きてきたのだと、ここに来て思い知らされた。

自分でも知らないうちに、こんな人生は嫌だという想いが蓄積されていたのだろう。だから、あのとき、逃げたのだ。

慎吾の死は、きっかけに過ぎなかったのかもしれない。

「たとえ自由を失っても、嘘を吐いても、人を騙しても——生きていれば、それでいい——」

レイラは目を伏せ、そう口にしたが、すぐに顔を上げいつもの笑顔に戻る。

「これ、沙世ちゃんにプレゼント」

レイラはそう言って、バッグから小さな箱を取り出して、圭子に渡す。

「どんな花が好きかわからなかったけれど、せっかく福井で出会えたんだから、福井県の花をと思って」

箱をあけると、ペンダントトップがガラスで出来た、小さな水仙の花の形をしたネックレスが入っていた。真ん中は黄色で、周りの花弁は透明だ。

「これね、私が東京で踊っているときのお客さんで、手作りアクセサリーを作ってる女の子がいて、その娘のお店で買ったの」

「女性のお客さんなんですか？」

圭子が聞くと、ヒロさんが、「レイラちゃんのファンは、女の子も多いよ」と、嬉しそうに口にする。

「沙世ちゃんに、似合うと思って」

圭子は、「ありがとうございます」と、御礼を口にしたが、内心は喜びと戸惑いが同じぐらい湧き上がっていた。

アクセサリーを人にもらうのなんて、いつ以来だろう。灯里が高校の修学旅行で京都に行った際に、土産物屋で見つけたのだと、七宝焼きのネックレスを買ってきてくれたことがあった。つきあいはじめに、慎吾から当時流行っていたティファニーのネックレスをもらったこともある。

「つけてみて」

そう言われたので、圭子は水仙のネックレスを身に着ける。

「沙世ちゃん、肌が綺麗だから、すごく似合う」

笑おうとしたが、うまく笑えなかった。

宴会の席では、「綺麗」と言われたらにっこり微笑んで見せるのに、レイラの前ではどうしても、できなかった。


夜はレイラも舞台があるし、圭子もコンパの仕事があるのでと、昼過ぎには芦原に戻った。

寮の部屋に着くと、支配人の和田からＬＩＮＥが来ていた。

〈若い娘がやめちゃって、人手足りないみたいですね。うちも週末、忙しいので、沙世さんに手伝ってもらおうと思ったら、美加さんに断られてしまいました〉

たわいもない内容だが、だからこそ、少し鬱陶(うっとう)しかった。

一日に一度、和田からはこうしてたいした用事でもないのにＬＩＮＥが来る。

昨日も〈また、先日行った、イタリアンに行きませんか。気分転換に〉という連絡が来た。

〈先のシフトがわからないので、なんとも言えず、すいません〉と濁した。和田とはほとんど毎日、顔を合わせるので、こうして遠回しに距離を置くしかない。

どうして和田と寝てしまったのだろうか。否応なしに、めんどくさい人間関係が出来てしまったではないか。

もしかして、和田は圭子が誘いに応えたことにより、「自分の女だ」なんて思っているのではないか。男の中には、セックスすることは女を所有することだと信じている者が多いのは承知していたのに。

身支度するにはまだ時間があるので、圭子は服を着たまま畳の上に寝転がる。このまま眠ってしまうといけないので、スマホのアラームだけはセットする。

天井を眺めていると、鈴木の顔が浮かんだ。

和田とのセックスが消化不良だったせいか、あれから毎日、鈴木のことを考えている。正確にいうと、鈴木とのセックスのことだ。

今思うと、鈴木のように完全に割り切って、所有もせず、支配もせず、束縛もせず、そのくせ毎回、圭子を悦ばせてくれた相手は貴重だった。しかも、無臭で肌も美しい。和田と寝たときに、加齢臭が鼻についたのは、最近鈴木としかセックスしていなかったせいだ。

自分は死ぬまでに、あと何度セックスができるのだろう。このまま捕まらずに逃げ切れるかどうかもわからない。もしも刑務所にでも入れば、男どころじゃない。人をひとり殺したぐらいでは死刑にならないけれど、出てくる頃にはもうおばあさんだ。

人生最後のセックスの相手が和田だというのは、残念過ぎる。

鈴木のことを想うと、臍の下が熱を帯びた。

鈴木とセックスがしたい。キスして、股間に顔を埋められ、鈴木の重さを感じながら、ぬめったところの摩擦を感じたい——そう考える自分は、まだまだ女としての欲望が消えていない。

スマホを手にする。金沢で会って以来、鈴木からは連絡がなく、こちらも何も言わないようにしていた。会うと、またお金を渡さなくてはいけないと思うと、連絡を躊躇っていた。けれど、それでもいいから、鈴木と会いたいと今は思う。客からのチップの金も、少しは貯まってきた。

〈鈴木さん。東京も寒いですか。気が付けば年を越してしまいました。どう過ごされていますか、私は元気です。気が向いたら、連絡ください〉

圭子はLINEで、それだけ書いて送信する。

会いたい、という言葉は、返信が来てからでいいと思った。

しばらくスマホを眺めているが、画面は変わらない。何をやっているのかわからない男だが、鈴木も暇ではないのだから気長に待とうと思った。

鈴木に連絡しただけで、少し気が楽になった。和田はまた誘ってくるだろうが、もう寝るのはやめよう。何かの拍子に美加にバレてしまったら面倒だ。芦原にいられなくなるかもしれない。

目を瞑ると、安心したせいか、睡魔が襲ってくる。

少し眠った後、起きてスマホを見ても、鈴木から返信はなく、既読にもなっていなかった。

圭子は洗面所で顔を洗い、部屋に戻り化粧をする。今日の仕事は、ここの旅館で、十五人ほどの宴会だと聞いている。コンパニオンは、圭子を含めて三人だ。

自分以外のふたりのメンバーは、共に二十代後半で、子持ちのシングルマザー同士というので、仲がいいのは知っていた。

ロビーに行って待っていると、美加と一緒にふたりが来た。

「じゃあ、お願いね。終わるまで待機してるから」

美加はそう言い残し、フロントに行き、和田と何か話している。

「行きましょうか」

声をかけられ、圭子たちはエレベーターに向かった。

「沙世さん、アカリちゃんから何か連絡ありました？」

エレベーターの中で、久美子（くみこ）という名の細身の女が言った。

「何も」

「そうか、沙世さんとアカリちゃん、一緒に仕事すること多かったから、何か聞いてるかと思ったんですけど」

「あの娘、あれで結構ちゃっかりしてるから、どこでもうまくやれるんじゃない」

もうひとり、ナナミという女が、そう答える。

エレベーターを降りると、指定された部屋の前に三人で並ぶ。

「大阪の会社の社員旅行だって。女性の添乗員さんが同行してるみたいだし、ま、そんな変なことしてこないっしょ。適当に終わらせましょ、酔っぱらいのクソオヤジたちの相手」

小声でそう言って、久美子が笑う。

二時間が経過して、三人でロビーに戻ると、満面の笑みを浮かべた美加が立っていた。美加は冬でもタイツは穿かずにストッキングなのだと最近気づいた。

車の中には運転用のスニーカーと、雪用のブーツを積んではいるが、こうして人前に出るときは、ハイヒールだ。

「美加さん、若い頃は銀座で働いていたこともあったらしくて、ストッキングとハイヒールだけは未だに譲れないみたいなんですよね。私は金沢に来たら、寒くて冬はタイツじゃないと無理になっちゃいましたよ」

と、アカリが言っていたのを思い出した。

「お疲れ様」

美加が弾んだ声で話しかけてくる。

「じゃあ、私はふたりを送ってそのまま帰るから。あ、沙世ちゃん、明日は山代だから、迎えに来るわね」

和田と寝て以来、美加と車の中でふたりきりになるのははじめてだった。けれど和田もまさか美加に話してはいないだろう。

「じゃあね、沙世ちゃん、ゆっくり休んでね」

美加がいつもより愛想がいいのが、少し気になった。

寮に戻り、スマホをチェックしたが、鈴木へのメッセージは既読になっていなかった。忙しいのだろうか。

着替えてから食堂にかけこみ、うどんを食べ、風呂に向かった。この時間なら客は少ないだろうと、二十四時間やっている大浴場にする。

毎日温泉に入れるのは、本当にありがたい。寮にはシャワーもあるのだが、湯船につかると疲れがとれる。

脱衣所で服を脱ぎ、裸の自分を鏡で眺める。

顔は確かに美しくなり若返りもしたけれど、身体全体に肉がつき、下腹部がぽっこり出てきた。尻も垂れているし、下着とコンパニオンの制服でメリハリをつけてはいるけれど、服を脱いで明るいところで見ると、立派なおばさんだ。

それでも、自分を求める男たちがいて、仕事でも需要がある。今日の宴会の客は十五人ほどで、社長と呼ばれた男が六十代、あとは五十代、四十代と年齢はまちまちだった。女性の添乗員が同席したせいか、節度があったけれど、がっしりした体型の眼鏡をかけた五十代と見える男が、圭子に見惚れながら「あんたほんま美人やな」と口にしていた。

その男は、圭子たちが部屋を出た後に、「沙世ちゃん、これワシの連絡先な。なんでも困ったことがあったら言ってきてな。大阪来る機会があったら飯でも食おうや」と追いかけてきて名刺を渡した。

間違っても連絡することはないが、もしも自分がその気になれば、いくらでもこの男を利用することができる――そうも考えた。

同行していた女性の添乗員は眼鏡をかけた化粧気のない女で、おそらく三十代だろうが、圭子たちコンパニオンとは視線を合わせようとすらせず、ときに侮蔑の目を向けていたのにも気づいていた。部屋を立ち去るときに、「お疲れ様でした」と挨拶しても、その女は無言で目を逸らした。

「男に媚びてお金をもらう女たち」と、嫌悪を隠さないのが、面白くもあった。仕事だから仕方なく宴会に同席しているのだろう。そんな女の視線に傷つきはしない。むしろ、最近は「あんたのできないことを、私はやっているのよ」と言わんばかりに、笑顔を作り男に愛想を振りまけるようになった。

圭子は湯船に入る。誰もいなかった。

この先、たとえばこの芦原にいられなくなっても、美貌を武器に、媚を売り、男に頼って生きていくこともできるかもしれない。

でも、この顔だって、目と顎はともかく、注射を繰り返してメンテナンスしなければ、たるんでくる。五十を過ぎたら、身体だってもっと衰えてくる。女の美と若さは、追いかけて捕まえれば自分のものにできるというものではなく、ずっと追いかけ続けなければいけないものなのだ。美貌で生きていくというのは、相当なエネルギーがいるのだろう。

ふと美加のマンションに行った際に見た、皺とシミだらけの彼女の素顔を思い出した。

若い頃はさぞかし美しかったであろう女は、自分の老いをどう受け止めているのだろうか。

翌日になっても、鈴木へのメッセージは既読にならない。今まで、そういうことはなかったが、もうしばらく様子を見てみようと決めた。

もしかしたら、もう鈴木は圭子と会う気はないのかもしれないとも考えた。それならば受け入れるしかない。執着してはいけないのは、最初からわかっている。セックスの相手という以上の感情を持つことは、マイナスにしかならないことも。

こうして鈴木に連絡するのは、ただセックスがしたいからだ。和田とのセックスで中途半端に燃え上がった身体を、鈴木で鎮めたかった。無くならない性欲が厄介だ。けれどこれは果たして性欲なのだろうか。それも、わからない。セックスすることにより、生きることに執着しているだけなのかもと思う。

昼食を食べ、化粧をして、ロビーに向かう。今日の宴会は少し時間が早めだと聞いていて、まだ明るいうちに出発するらしい。

「おはよう」

ロビーの赤いソファーから、美加が立ちあがった。

「少し早いけど、行きましょうか。また夜に雪が降るかもしれないから、用心するに越したことないし」

美加に連れられて、外に出た。フロントには、新しく入った若い女の子の姿しかなかった。和田は休みなのだろうか。

美加の車の後部座席に乗り込むと、発車した。

「沙世ちゃんに、アカリちゃんから連絡ある？」

昨日、久美子に聞かれたのと同じ問いだった。

「ないです。美加さんのところは？」

「ないのよね。ちょっと気になったから、菊池に、あの娘が住んでたマンションを見に行かせたんだけど、入居者募集中になってたって。本当に金沢から離れたのかしらね。元気ならそれでいいけど、うちも今、忙しい時期でしょ。あの娘みたいに、若くて気が利く娘って、すぐには見つからなくて大変よ。若いだけで、ロクにお喋りもできない、何にもできない娘なら山ほどいるけど、クレーム増やすだけだから。でもどうしても若い娘じゃなきゃ嫌ってお客さんもいるからね」

窓の外の景色を眺めながら、圭子は美加の話を聞く。

「お客さんから苦情来たりとか、そういうのもあるんですか」

「あるわよ。三十代の娘をつけたら、ババアは嫌だ、若い娘よこせってフロントに言ってきたりね。それがまた老人会の旅行だったりするから気持ち悪いわよね。あと、気が利かないとか、喋らないとか……お客さんは我儘だから。ほんとコンパニオンて、誰でもできる仕事じゃないのよ」

美加の声が、少し誇らしげだった。

「ああ、そうだ。和田さんにこの前聞いたのよ、アカリちゃんがお客さんにキスやタッチされて、沙世ちゃんが怒ったって話」

和田と寝たり、アカリがいなくなったりで、その話を忘れていた。アカリが自分から美加に話すと言っていたが、それどころではなくなってしまったのだろう。

「報告してなくて、すいません」

「いいのよ、あのあと、アカリちゃんがいなくなったりでこっちもバタバタしてたし。でもその後も苦情とかないし、いいんじゃない。ちょっと度が過ぎてたみたいだしね。和田も大丈夫だろうって言ってた。それより沙世ちゃんが気にしてないかって、心配してる」

「和田さん」から「和田」になったことに圭子は気づいた。

「私みたいに、更年期も過ぎると、男の欲望なんて、クソみたいだなと思うことも多いんだけど、自分はそのクソみたいな欲望でずいぶんと稼がせてもらって、今だってそれで生活してるんだから、許容するしかないのよ。でもね、女の子たちには、最低限、自分の身を守りなさいって言ってる。傷つくことはないのよ、たかが男なんだから。年を取ったら、若い頃は、なんであんなに男に振り回され、男の目を気にして生きていたんだってバカバカしくなるわよ」

じゃあ、あなたはもう、ひとりの女として男を必要としていないのですか、と問いかけてみたくなったが、もちろん口にしない。

「沙世ちゃんみたいな綺麗な子には、男が寄ってくるけど、利用しようとするヤツも少なくないからね」

美加の口調が、尖ってきた気がした。

「この前、少し話したけどね、和田……和田さん」

そこで美加の言葉が途切れる。

「あんな男に振り回されちゃダメよ。仕事もらってるし、沙世ちゃんからしたら上司だから、強く断れないのはわかるけど……」

沈黙が走る。

「古いつきあいだからね、和田のことは誰よりもよく知ってる。だからね、わかっちゃうのよ。和田は、悪い男じゃないの、嘘も吐けない。でもね、うちの子に手をつけるのは止めて欲しかった。今までもあったのよ、何度か。本気じゃないのよ、あの人は、自分は何も捨てられない人だから――」

再び、美加の言葉が途切れる。

それで、わかってしまった。

美加は、和田と圭子がホテルに行ったことを知っているのだ。もしかしたら和田を追及したのかもしれない、とも。

「気をつけます」

変に否定するのもおかしいかと、圭子はそう口にした。

「それよりね、アカリちゃんが辞めたじゃない。ハードのほうが人手不足なの」

美加の声のトーンが、少し上がった。

後部座席にいるので、美加の表情は見えない。

「前にも話したけど、効率よく稼げるの。沙世ちゃん、訳ありで芦原まで来たんでしょ。うちもいろんな事情がある娘が多いから、詳しくは聞かないけれど、私、みんなの助けになりたいって考えてる。沙世ちゃん綺麗だけど、やっぱり若い娘じゃなきゃ嫌って客もいるし、できることの幅が広いほうが、確実にお金になるのよ」

「ハード、ですか」

圭子は、いつかアカリの身体に赤い痣があったのを思い出した。

「ハード」の仕事で、客につけられたのだと言っていた。

「もし望むなら……私、東京のプロダクションに知り合いがいるのよ。ビデオの仕事だって紹介できるから」

アダルトビデオだというのは、察することができた。

「顔出し無しの仕事だって、あるわ。女は、いくらでも稼ぐ手段があるのよ」

美加はそう口にする。

「どうしても嫌ならしょうがないけど……ハードのほう、沙世ちゃんならその気になれば収入が倍になるかもよ」

考えておきます——としか、圭子は言えなかった。

「お願いね」と答えて、美加はラジオのスイッチをいれる。

その口調には、有無を言わせぬものがあった。

自分の男と寝たのだから、その引き換えに他の男に身体をさわらせろというのか——とまで思ってしまったのは、さすがに考え過ぎだろうか。

「——男なんか、とことん利用してやればいいのよ」

美加が、まるで独り言のように、低い声で呟く。

「私、あれが嫌いなの。男と女の、あれ。若い頃から好きじゃなくて、気持ちいいと思ったことなんて、一度もない。自分から望んでしたがる女の気持ちが、全くわからないの。でも、あれがあるから、男たちは女にお金を落としてくれる。少し我慢して目を瞑って、男に身体を預けるだけで悦んでくれて、お金になる。私からしたら、我慢代みたいなもんよ。でも、私、子どもは欲しかった。若い頃はそれどころじゃなかったけど、三十歳過ぎて、どうしても欲しくて、だから結婚した。それでもなかなかできなかったから、五年不妊治療して、四十二歳で娘が生まれた。そしたらもう男いらないなって思って、離婚した。五十歳になる前に生理が終わって、ホッとしたわ。やっとあれから解放されるんだって——」

ラジオから流れる音楽が途切れた。

「男に、セックスに溺れるなんて、ロクなもんじゃない。人生の先輩から言わせてもらうとね、沙世ちゃんも、そんなに若くないんだから、男は選ばなければだめよ」

何か言わないといけないような気がして、圭子は「はい」とだけ答える。

「私、夜に金沢で用事があるから、迎えには菊池が行くわね」

美加はそう口にして、ラジオのチャンネルを変えた。お笑い芸人の甲高い声が車内に響いた。

仕事が終わり、ホテルのロビーで菊池に「お疲れ様です」と、声をかけられ、車に乗った。そういえば、この男が幾つなのかも知らない。自分のことを詮索されたら困るからと、圭子自身が人のことを聞かないので、たわいもない話しかしたことがなかった。

「沙世さん、腹減ってないすか」

車が走り出してすぐ、菊池が声をかけてくる。

「少し減ってるかも」

「コンパさんて、人が飯食ってる時間の仕事だから、終わったら腹減りますよね。ていうか、俺、昼も夜も食べてないんす、コンビニ見つけたら寄っていいですか」

「助かります」

圭子はそう答えた。

車を二十分ほど走らせて、道路沿いにコンビニの看板の灯りが見えてきたので、駐車場に車を停める。予報では夜は雪になるのだと美加は言っていたが、冷えはするけれど、その様子はない。

コンビニで圭子はおにぎりと豚まん、お茶を買う。車に戻ると、菊池はおでんのカップを手にしていた。

「匂うけど、すいません。やっぱり冬は温かいもの食べたいんすよ」

駐車場に停めた車の中で、菊池はおでんを食べ、圭子は後部座席でおにぎりを食べる。

「美味しそう」

おでんの匂いに、思わずそう口にしてしまう。

「今から買ってきます？」

「ううん、またにする」

「コンビニのおでん、俺好きなんですよ。母親いないんで、冬はいつも父親がコンビニに連れていってくれて、好きな具材を選ばせてくれてね。休みの日に、父親がおでん作ってくれたこともあったけど、やっぱりコンビニのほうが美味しくて、正直にそれ言ったら、父親に『二度と作らない』って言われて、あれは悪かったな」

「子どもは、そうよね」

圭子はそう言いながら、灯里に全く同じことを言われたのを思い出した。もともと料理をするのは好きでも得意でもないけれど、慎吾が来る日は、仕方なく作っていた。外に出て食べるのを慎吾が嫌ったからだ。

慎吾がいない日は、きちんと作る気になれず、冬はよく灯里を連れてコンビニに行き、おでんの具を選ばせた。たくさんの種類の中から好きなものが選べるのが嬉しいらしく、灯里はいつも楽しそうにしていた。

「アカリとは連絡とってないんすか?」

また同じことを聞かれたと、圭子は思った。

「みんなに聞かれるけど、全然ないの」

「そっか。俺、あの娘とは年齢も近いし、送迎のときに、彼氏の愚痴とか聞かされてたんで、信頼されてると思ってたんだけど……スマホ変えたみたいで、連絡も取りようがなくて」

そう言って、菊池はおでんの汁をすする。

自分は菊池とは年齢も離れているし、いつも必要最低限の会話しかしなかったが、確かに若い人同士なら、親しくなるのだろう。

「でも、ふたりで仕事以外の場所に飲みに行く、とかは無かったんですよ。コンパさんと仲良くなるのは美加さんから禁じられてるし、アカリの彼氏は嫉妬深いって聞いてたから。それにしても、いきなりいなくなってそれきりって、寂しいっすよね」

おでんの汁を飲み終えたのか、ビニール袋に容器を入れ、菊池は缶コーヒーの蓋を開ける。

「あいつ、俺のこと、沙世さんになんて言ってました?」

「え? どういう意味?」

「変なこと言ってないかなって……たとえば、俺が美加さんのヒモだとか」

圭子はどう答えればいいか一瞬考えたが、嘘を吐く必要もないだろうと、正直に答えた。

「そう聞いてた」

「やっぱりそうか。他の娘にも、同じこと言ってたんですよね。本気でそう思ってたのかなぁ。あいつに『美加さんとはどういう関係？』って聞かれたことがあって、冗談で『ヒモ』って言ったことはあるけど……違いますよ。あ、そろそろ行きましょうか、遅くなるし。雪も降ってきた」

菊池はエンジンをかける。白くて大きな粒の雪がゆらりと、落ちてきた。

「都会の人は、雪降ったら喜ぶけど、こっちの人間からしたら、運転大変だし、積もったら雪かきしないと車出せないから、何もいいことないんすよ」

菊池はそう言って、フロントガラスのワイパーを動かしはじめた。

「沙世さんも、俺のこと美加さんのヒモだと思ってた？」

「うん。信じてた」

「まいったなぁ……。別に隠してるわけじゃないけど、これでも結婚してるんですよ。俺の奥さん……由美奈(ゆみな)って言うんですけど、俺、昔、金沢の飲み屋でバイトしてて、そこで知り合った人で、美加さんの娘なんですよ」

美加さんの娘は私と同い年だ――アカリがかつてそう言っていたのを思い出した。

美加が不妊治療を経て、四十二歳で産んだという娘か。

「由美奈は最初、保育士してたんだけど、朝起きられないからって、キャバ嬢になって、その頃、俺と知り合ったんです。俺は結婚と同時に就職したけど、うまくいかなくて、そんなときに美加さんに運転手しないかって声かけられました。義理の母なんですよ」

義理の母――思ってもみなかった。美加と菊池を見る限りは、「ヒモ」であったほうが納得がいく。それぐらい美加には生活感がないのだ。

「由美奈はお小遣い欲しいって、キャバ嬢を続けてたんですけど、他に男作っちゃって別居してるんです。離婚はしてないし、俺のほうはしたくないし、由美奈も気まぐれでたまに戻ってきたりするから、わけわかんないんす」

いい話ではないはずなのに、菊池の口調は、他人事のようで淡々としていて、悲愴感はない。圭子も「大変ね」などと相槌を打つこともなく、ただ黙って聞いていた。

「それもあって、美加さんは俺に申し訳ないって、雇い続けてくれてるんです。美加さん、娘には水商売させたくなかったって……。自分がシングルマザーで、会社立ち上げて必死だったから、その分、由美奈に寂しい想いをさせてしまったのかもしれないとか、気にしてて……美加さん、優しい人だから」

子どもが出来たあとは男はいらなくなって離婚したと美加からは聞いていたが、そういう事情だったのか。

美加も、自分のように、ひとりで娘を育ててきたのだ。

「年取ってから出来た娘だから、ずいぶんと甘やかしてしまったんだって言ってたな。由美奈が生まれて、離婚して、それからコンパニオンの事務所をはじめたんです。いろいろ苦労してきた人で、俺、美加さんのことは尊敬してるんですよ。自分の母親は俺を産んですぐ亡くなったんで、美加さんのこと本当の母親みたいに思ってる」

あと、十五分ほどで芦原に着くだろうと圭子は時計を見て思った。だいたいの移動時間は読めるようになった。雪は止むことなく、降り続けている。

「――和田さんと美加さんのことは、知ってますよね」

ふいに菊池が、そう口にした。

「何人かから……聞いてる」

「若い頃からのくされ縁なんすよ。でも和田さんは離婚する気ないし、美加さんもいろんな男の人とつきあって、くっついたり離れたりを繰り返してたみたいです」

美加なら、若い頃、さぞかし男の気を惹いただろう。そんな美加をつなぎ留めるほどの魅力が和田にあるとは、どうしても思えなかった。

「美加さんは子ども欲しくて別の男と結婚したけど、そのあともいろいろあったみたいです。でも今は、仕事だけの付き合いのはずです。美加さん、由美奈を産んだあとは、『女』卒業したって言ってたし、和田さんのほうが執着してたんじゃないかな……わかんないすけど」

女を卒業――本当だろうか。

たとえセックスをせず、性欲を失っていようが、圭子の目には、美加は「女」そのものであるかのように見える。

そして、美加が菊池を雇い続けているのは、娘のことでの申し訳なさ以上に、菊池という男をそばに置きたいからではないだろうか。菊池は美加を「優しい人」と言うが、それは菊池相手だからではないのか。いや、菊池でなくても、自分が若くないからこそ、若い男がそばにいることで、生かされている部分もあるのではないか。そう考えてしまうのは、圭子自身も鈴木と出会ったことで自分が女であると思えたからだ。もちろん、そんなことは口には出さない。

「和田さん……悪い人じゃないんですけど、正直、俺はあんまり好きじゃないです。なんとなく、ですが。あ、もうすぐ着きます」

芦原に入ると、雪が激しくなり、霰（あられ）にかわり車のガラスを叩く。

菊池も、もしかしたら美加に聞いて、自分が和田とホテルに行ったことを知っているのではないかと思った。

〈忙しいとは思うんですが、また食事に行きませんか。今度はもう少し、いい店で〉

菊池と別れて寮に戻ると、和田からＬＩＮＥが来ていた。こうしたはっきりした誘いは、断りにくい。

ふたりで食事に行くと、必ずホテルに入る流れになるだろう。そのときに拒めば、働きにくくなってしまうのではないか。美加にふたりのことを知られた今となっては、なおさらだ。

風呂に行く気にもなれず、圭子は座って部屋の壁に背を凭（もた）れさす。飲みに行きたい気分だが、外は寒い。レイラが踊っているなら劇場に行くことも考えたが、今からでは間に合うかどうかもわからない。

面倒だ。顔を変えて別人になり、称賛される美しさを手にし、芦原まで逃げてきて、自由になれたはずだったのに。ふと寂しさに流され、和田に同情して誘いに乗ってしまっただけで、わずらわしい人間関係ができてしまった。

芦原は居心地がいい。コンパニオンの仕事で、ときどき酔った男たちにさわられたり、いやらしいことを言われたりするのもそこまで苦にならないのは、別人を演じているからだ。このままの生活が続けばいいと秘かに思っていたからこそ、和田に好意を持たれるのは面倒だし、距離をとるのも難しい。寮に住まわせてもらっているのも、コンパニオンの仕事を紹介され、そこそこ稼げているのも、和田のおかげなのだ。

和田の顔を思い浮かべるだけで、気が沈んだ。あんな中途半端なセックスで、今の生活を失ってしまうとすれば、自分はなんて愚かなんだろう。

そういえば、鈴木からは依然連絡はないし、既読にもならない。さすがに何かあったんじゃないかと不安になる。

スマホで、「鈴木太郎」で検索してみたが、国会議員やら雀士やら、全く関係ない人たちの情報しか出てこない。そもそも本当の名前ではないだろう。

もしかしたら自分は鈴木から切られてしまったのかもしれない。鈴木からしたら、自分とのつきあいを続けるのはデメリットも多い。あんな若くて美しい男が、自分と関係を持っていたこと自体が奇跡だったのだ。

次に圭子は、灯里のインスタを検索した。

〈友達と鍋。冬はやっぱり鍋ですね。ちょっと気持ちが楽になった〉

三日前に、その文言と共に、ぐつぐつと煮える鍋の写真がアップされていた。家ではなく、どこかのお店で食べたようだ。

冬はやっぱり鍋——鍋は楽だから、灯里とふたりで週に一度は食べていた。灯里も中学生になると、部活で忙しくなり、ゆっくり顔を合わせる機会も少なくなったから、どこか寂しくて、鍋を囲むことで灯里とのんびり過ごす時間を作っていたのかもしれない。

不妊治療をしてまでも、子どもを欲しかったという美加の気持ちはわかる気がした。世話になってはいたけれど、圭子は慎吾を信じてはいなかった。慎吾だけではなく、すべての男を。今だって、そうだ。必要としているとしても、信じてはいない。それは昔、灯里の父親だった男に裏切られたせいだろうか。鈴木とは会いたい、セックスしたいと思うけれど、彼の正体を自分は知るつもりもないし、こうして連絡がとれなくなっても仕方がない。

男は信じられないが、子どもだけは確かな存在だ。そんなふうに思うことは迷惑だろうけど、灯里がいるから、今まで生きてこられた。シングルマザーになり、苦労はしたけれど、「産まなきゃよかった」とは考えたこともなかった。

テレビで子どもの虐待のニュースなどを見ると、胸が痛むし涙が出る。自分はロクでもない人生を送ってきたし、今だって娘に迷惑をかけ続けてはいるけれど――。

通知が来たので、ＬＩＮＥを開くと、また和田からだった。

〈美加さんが疑ってる気がする。沙世さん、何か言いましたか？〉

とあった。

疑っているも何も、美加はとっくに感づいている。おそらく菊池も。

どうやら和田を美加が追及して白状させたわけではないようだが、ならば美加は微妙な雰囲気の違いで感づいたのか、それとも誰かに和田といるのを見られ、自分の知らないところで噂が広まっているのか。

〈私は何も言ってません。いつも通りに美加さんとは接してます〉

〈すいません、変なこと言って。美加さんも、自分のところで働いている人だから、気にしてるんでしょうね。沙世さん、美人で色っぽいって、うちの従業員でも気にしてる男が何人かいるんです。まあ、近々、軽くお茶でも〉

何が、「軽くお茶でも」だと、和田のＬＩＮＥには返事はしなかった。ますます面倒になってきたと気持ちが重くなる。

美人で色っぽいって、うちの従業員でも気にしてる男が何人かいる――それは知っていた。ひとりで食堂にいると、何度か見かけたことがある程度の社員に、「隣いいですか」と、他の席も空いているのにそばに座られて、「独身なんですか」とあれこれ聞かれ、うんざりして黙り込んでしまったこともある。

自分に気のあるそぶりをする男は、和田を含め、みな家庭のある男で、「都合よく遊べる女」として見ているだけではないか。

和田とのセックスが少しもよくなかったせいで、声をかけてくる他の男たちと関係を持とうという気分にもなれない。自分が寝たいのは、鈴木だけだ。ただ気持ちよくなりたい、望みはそれだけで、恋人も友人も夫もセックスフレンドもいらない。

男から好意をよせられるのがこんなに面倒だなんて、顔を変えて逃げる前なら、思いもよらなかっただろう。ずっと遠い存在だった「美しい女」になれたのはいいが、そのぶん人に関心を持たれて身動きがとれなくなっている。生まれながらの美人なら、男たちを躱す術も身に着けているだろうが、急造の「美人」である自分は器用に振舞うこともできない。

逃げてしまおうか。

和田や美加とのしがらみが面倒になったのと、レイラのこともある。自分に好意を持ち、親切にしてくれているレイラとの距離が縮まっているのが、怖い。もちろん、圭子自身もレイラが好きなのだ。はじめて彼女の舞台を観て、感動して、抱きしめられて身体が熱くなった。レイラという女に惹かれている。でも、だからこそ、他人を演じている自分は、どこかで離れなければならないのではないか。

レイラにもらった水仙の花のネックレスを手にとって、眺めた。

逃げようか。

ここではない、どこかへ。

むくむくと、そんな気持ちが湧き上がる。芦原は居心地のいい場所だったけれど、どうしても人間関係のしがらみが出来てしまう。きっと、どこに行っても、逃れられないのはわかっているけれど、もうここにはいられない気がする。

逃げても逃げても、逃げ切れないのかもしれない。

そのときは――。

圭子の脳裏に、荒い波が岸壁にぶち当たり飛沫をあげる、あの東尋坊の景色が浮かんだ。

私は一生、逃げ続けるのか、それとも逃げるのを諦めて、命を絶つのか――。

圭子はのろのろと起き上がる。

よからぬことを考えてしまうのは、身体が冷えてしまっているからかもしれない。温泉に入ろうと思った。そのほうが冷静になれる。

コートを羽織り、裏口から旅館に入り、浴場に向かう。遅い時間なので、スリッパはふたつしかなかった。いつもこうして、ゆっくり温泉につかれるのが本当にありがたい。

湯船に入ると、大きなため息が出た。身体が温まり、ホッとする。

もう一度、鈴木に連絡してみようと思った。それで返事がなければ、もう終わりだ。でも、できるならば、鈴木に会いたい、これからのことも相談してみたい。頼れるのは、鈴木しかいないのだから。

温泉を出て、寮に戻り暖房をつける。布団に入り〈**鈴木さん、度々すいません。どうしておられるか気になっています**〉と、LINEを送る。

そのまま寝てしまいたかったけど、どうも寝つけず、スマホを手にしてしまう。やはり鈴木へのLINEは既読にならない。

自分が「切られた」のであればそれでいいけれど、もしも鈴木の身に何かあったなら——と考えてしまった。けれど名前で検索してもやはり何も情報はない。「歌舞伎町」のキーワードでネット検索するが、情報が溢れすぎている。

かつて鈴木は歌舞伎町でホストをやっていたと言っていた。歌舞伎町のホストクラブのHPなどに、写真が残っていないだろうかと、「歌舞伎町　ホスト」と打ってみたが、歌舞伎町のホストクラブだけでも数が多く、これをひとつひとつ見ていくのは難しい。まさか何か事件に巻き込まれていないだろうかと、「歌舞伎町　ホスト　事件」で検索すると、「悲報・歌舞伎町のホスト・リュウくん、刺される」と書かれた匿名掲示板のスレッドを見つけた。

〈歌舞伎町のホストクラブ「LOVE・ドリーム」のホスト、リュウが、太い客だった女に恨まれ、明け方の歌舞伎町で刺された事件がウワサになっています。女はリュウくんより年上の人妻で、リュウくんは、刺されたあと病院に運ばれたけど、間もなく亡くなったとのこと〉

嫌な予感がしたが、その掲示板に「リュウくんの画像あり」とあったので、タップする。

スマホの画面に映し出されたのは、「鈴木太郎」だった。

似ているだけかもしれない。圭子は心を落ち着かせようとするが、指が震える。

〈リュウって、人気ないから、出会い系で女探して、しかもババア専門で色恋かけて店に呼んだりしてたんだよね〉

〈いろんな店を転々としてるよね。話が面白くないし、なんか暗くて、そのくせカッコつけてるし、だいたい若くもないから、ホスト向いてないって思ってた〉

〈前の店では、ハルヒコって名前だったよね。こいつ、シャブやって、客に売ろうとしてたから クレーム来てクビになったはず〉

〈店のHPでは二十八歳ってなってるけど、三十はとっくに超えてるオヤジだよ〉

〈売れないから、ババア客ばかり狙うんだよね。自分もいい年だし。店に行っても、リュウのテーブルだけ年齢層高くて、笑っちゃう〉

〈リュウ、死んだの？　でも、見事に誰も悲しんでないね〉

歌舞伎町のホストが女に刺された事件は、十日前に起こっていた。

検索してみるが、ほとんど情報はない。リュウというホストを嘲笑う書き込みしか見つからなかった。

果たして、このリュウは、本当に鈴木なのか。圭子には「元ホスト」だと言っていたけれど、現役だったのか。

リュウが在籍していたホストクラブのＨＰからは、もう名前が消されていたが、リンクされているYouTubeのホスト紹介の動画は残っていた。

圭子は動画を再生した。

「こんにちはぁ、リュウでぇす」

圭子が今まで聞いたことのない、弾んだ声の鈴木がいた。

身体に沿った光沢のある深い青のスーツを着て、口角をあげ、張り付いた笑みを浮かべる鈴木は、知らない男のようだった。圭子が寝たのは、寡黙で滅多に笑わない、得体の知れない「鈴木太郎」だ。

「好みのタイプは、年上です。でも、年下の可愛い女の子も、嫌いじゃない。女の人をエスコートして楽しませるのが好きです。女の人が喜ぶ顔を見ると、もっと頑張ろうって思える。だから、僕と一緒に素敵な時間を過ごしませんか？　お待ちしております。あなたに夢を見せてあげたいな」

そう言って、ウインクをして投げキッスするリュウは、まぎれもなく「鈴木」だった。

左耳の下にある黒子(ほくろ)にも、見覚えがある。

鈴木は死んでいた――。

画面の中の動画は再生され続け、かつて自分と寝た男が、「あなたに夢を見せてあげたいな」と、投げキッスを繰り返す。

リュウと、自分が知る鈴木太郎、どちらが彼の真実の姿なのか、いや、どちらも別人を演じていたに過ぎないのか——何度もセックスをした関係なのに、自分はこの男のことを何も知らず、見えてもいなかったのだと思いながら、圭子は画面を眺めていた。

「自分の死刑を遂行」

かつて鈴木が、金沢で会ったときに、そう口にしたことを圭子は思い出していた。

6

息苦しいのはマスクのせいだけではない。

東京が別世界のように思えて、ただ歩いているだけなのに居心地が悪い。

圭子は早朝から寮を出て、タクシーでＪＲの芦原温泉駅まで行き、金沢経由で東京へ向かった。東京駅で中央線快速に乗り換え、新宿駅東口から地上に出る。いったんマスクをとって息をすると、匂いが違う、と思った。

埼玉で暮らしていた頃に都内を訪れた際は、解放された気分でいつも浮かれていたのに、今はひどく息苦しい。芦原が自分にとって居心地のいい場所になっているということなのか。

東口から歌舞伎町へ向かう。

道端に、使用済みらしきコンドームが捨てられていた。踏みそうになったのを、さっと避けた。ビルの看板を横目に見ながら、圭子は歌舞伎町を歩く。

リュウというホストの死と、リュウ＝鈴木太郎という事実を知ってから、最初の休日だった。

空いた時間に、何か情報はないかと匿名掲示板などを眺めていた。

どうやらリュウは中国籍らしい。圭子にも「自分は日本人じゃない」と言っていたので、そこは嘘ではなかったのだ。けれど、リュウ自身の情報は、錯綜していた。ただ彼が評判の良いホストではなかったことだけはわかった。

〈リュウ、薬やってたよね。自分の客にすすめてクビになったんだよ〉

〈二丁目でウリセンやってたのは、同僚みんな知ってた。男でも女でも、そんな変わんないとか、自慢してた。そんなこと自慢になるかっつーの〉

〈リュウの客って、メンヘラが多かったから、いつか刺されるなとは思ってた〉

〈たいしたホストじゃなかったし、隣にきてもつまんないし、そんなにイケメンじゃなかったけど、一部のメンヘラ客がなついてたよね〉

〈リュウ自身がメンヘラだもん。おっさんメンヘラのホストって、キモすぎ〉

「メンヘラ」というのが、心を病んでいる人のこと、精神的に不安定な人を指す言葉だというのは圭子も知っていた。

鈴木を刺した女の画像も上がっていた。三十五歳で、圭子からしたら十分に若い。長い髪の毛を真ん中で分け、額が広く、化粧が上手いのか、美人ではあった。最初にネットに情報が出たときは「人妻」とあったが、離婚歴がある独身の女らしい。

大学に入学するために関西から上京し、卒業して会社員となり、三十を過ぎてから結婚するが、何がきっかけだったのかホストクラブ通いをはじめ、それが原因で夫と離婚し、裁判を起こされたのだと、同じホストクラブに通っていたという女が書き込んでいた。

〈リュウのために、ダンナの貯金を使い込んでたんだよね。それで、離婚されて金も返せって裁判になって、ずっと揉めてたみたい。助けてくれないかって、私にまで連絡きたもん。一回飲んだことあるだけなのに、どうして助けなきゃいけないのって思って、適当にスルーした。自業自得だしね、自己責任てヤツ。金作るためにデリヘルしてたみたいだけど、そこでまたおかしくなっちゃったみたい。好きでもない男に、そういうことしたくないって。何言ってんだよこいつって思った。ホストに貢ぐおばさんを買う男がいることをありがたく思えよ〉

〈あたしんとこにも、あの女から何度もLINE来たよー。歌舞伎町のバーで隣に座ってたら、聞きもしないのにホストの話されて、うんうんて聞いてたら、「友だちになりましょう」とか言われて、LINE交換しちゃった。スルーしてたけど、段々『死にたい』『睡眠薬飲み過ぎた』とか言ってきたから、もう関わりたくないと思ってブロックした。なんか、デリヘルで自分から本番をやらせて金もらおうとしてたのが店にバレてクビになったらしい。全部リュウのせいだって、恨みが募ってたみたい〉

〈リュウは、去年店を辞めて、歌舞伎町ウロウロしてたよね。女と歩いてるの何度か見たけど、相手はいつも違うおばさんだったし、出張ホストでもしてんのかなと思ってた〉

その「おばさん」のうちのひとりは自分かもしれないと、圭子は思った。
〈リュウが殺されて悲しんでる人、見事にいないねー〉
〈リュウを刺した女、だいぶイっちゃってたから不起訴になるんじゃないかって、警察の知り合いが言ってた〉

どこまで本当かわからない情報が、ネットで飛び交っている。

リュウ、こと鈴木太郎――彼に出会い、身も心も委ねることができて、どれだけ圭子の心は自由になったことだろう。なのに、彼の死に衝撃を受けはしたけれど、どうしても涙が出ない。現実味がないのだ。

自分が見ていたのは、彼の一面に過ぎないとはわかっているつもりだったけれど、ネットのリュウについての書き込みでは、彼を褒めたり擁護したりしているものが一向に見つからず、死んだリュウと鈴木は別人のような気がしてならなかった。

しかし、ネットで幾つか見つけたリュウの画像は、確かに鈴木だ。

私は彼に救われた、彼のセックスはとてもよかった。少なくとも私にとっては、リュウは自分を救ってくれた恩人なのだ――そんな反論をネットに書き込みたい衝動にもかられたが、もちろん、しない。

哀しみが湧き上がらず感情が麻痺しているのは、不安が大きいからかもしれない。鈴木のスマホに、圭子とのＬＩＮＥの履歴が残っていたとしたら、それを警察が見たら不審に思わないだろうか。圭子の持っているスマホは鈴木から渡されたものだが、圭子が使っているのがどこからかわかってしまうのではないか。

スマホを変えたほうがいいと思ったが、仕事をしていく上で必要なものだし、そもそも圭子が新しいスマホを契約することはできない。自分は、逃亡者なのだから。

鈴木を殺した女は捕まっている。彼の身辺が探られることがないのを祈るしかなかったが、不安は日に日に高まっていた。

突然消えたアカリや、誘いのＬＩＮＥを送ってくる和田のことも気がかりだけど、それどころではなかった。

歌舞伎町をしばらく歩いて、記憶にある派手な看板のビルの前を曲がり、細い道に入る。

「ここだ」と、声が出た。

看板も出ていないが、鈴木が顔を変えるために自分を連れていってくれたのは、このビルだった。

エレベーターに乗り五階のボタンを押す。動き出すと、ガタンと大きな音がした。扉が開いた。フロアの一番奥、何も表示が出ていない部屋のインターフォンを押す。

「はい」

と、女の声がしたが、扉が開く様子はない。

「あの、私、以前、こちらで手術した者です」

圭子がインターフォン越しに声をかける。

「何か御用ですか」

「私と一緒に来た男の人——鈴木太郎という人ですが、その方のことでお話を伺いたくて」

「個人情報は一切お話しできません」

インターフォンの向こうから、女は低い声でそう言った。

この女は、白髪の医者のそばにいた看護師ではないか。ビルの一室に圭子が滞在していたときに、コンビニの弁当を買ってきてくれた。

「鈴木さんが亡くなったと知って、気になって」

「存じ上げません。とにかく、守秘義務がありますので、お話はできません。お帰りください」

圭子はしばらく扉の前にたたずんでいたが、諦めてエレベーターに戻る。

ビルを出て、とりあえず一息つこうと思ったのと同時に、空腹に気づいた。朝から何も食べていない。

ルノアールに入り、サンドイッチと珈琲を頼んだ。

せっかく東京まで来たのだから、どこかへ行こうかと一瞬考えたが、そんな優雅な状況ではないのだ。マスクをしてはいるけれど、そこかしこの監視カメラに映っているはずだ。

芦原で、美味い物を食べ、レイラと水仙の花を観たりストリップに行ったりと能天気に過ごしているうちに、感覚が麻痺していた。

サンドイッチを食べ、珈琲を飲み終わり、周りに見られないように気をつけながら、おしぼりでカップやテーブルの指紋をふき取る。

明日からは仕事が続くし、すぐに芦原に帰ることにした。

店を出て新宿駅に向かいながら、鈴木のことを考えていた。

「自分の死刑を遂行」

鈴木の言葉が、あれから何度も繰り返し圭子の中で響く。

鈴木は死にたかったのではないかと、今になって気づいた。彼の得体の知れなさは、この世界での居心地の悪さによるところもあったのかもしれない。最後に金沢で寝たときに、圭子が自分のことを「臆病で弱い人間」だと口にしたときの反論は、いつもの彼らしくない強い調子だった。

結局のところ、彼が何者なのかはわからないままだが、彼が自ら招いた死のような気がしてならなかった。長生きをして、まっとうな死に方をする彼の姿は想像がつかない。

新宿駅東口で、圭子は立ち止まり、振り向いて東京の景色を眺める。

またこうして東京を訪れることは、あるのだろうか。

この世で、唯一、「倉田沙世」が「鶴野圭子」だと知っていた鈴木がいなくなったということは、誰も頼る人がいない反面、誰に脅かされることもなくなったのだという事実に気づいた。


「はじめまして、アユです」

旅館のロビーで、その女は深く頭を下げた。

年齢は三十代半ばだと聞いていたが、濃いめの化粧と乾燥している肌で、それよりも上に見える。

「アユちゃんとはね、彼女が十代の頃からの知り合いで、うちでも長く働いてくれてたんだけど、一年前に結婚して辞めて、今では優雅なセレブマダムよ」

「やだ、ママ、うちの夫なんてたいしたことないですよぉ」

アユという女は、見かけによらない甘えた高い声を出した。

美加のことを「ママ」と呼ぶ女にははじめて会った。それぐらい、古いつきあいなのだろう。

「ダンナは会社経営者じゃない？　玉の輿よ。うちが人手不足だって言ったら、専業主婦で暇してるからって、手伝ってもらう話になってね。まあ蟹シーズンなんて、あと一ヶ月もないから、その間だけでもね。沙世ちゃんはうちでは新人さんだけど人生経験豊富だし、評判もいいから。真希子、よろしく頼むわよ」

「あたし真希子じゃなくて、アユですって」

何がおかしいのか、笑いながら「アユ」はそう言った。

「ああごめんごめん。だってずっとあんたのこと真希子って呼んでたから」

美加はそう言って、次の送迎があるからと、ロビーを出ていった。

「沙世さん、よろしくお願いします」

「こちらこそ、お願いします」

圭子はアユの香水のキツさに息を止めた。

飲食の場所だから、香水は控えめにと、最初にここで働くときに美加に言われたけれど、この女には注意しなかったのだろうか。

「美加さんにいろいろ聞いてたけど、沙世さん、お綺麗ですよね」

そう言って、アユがぐいっと顔を近づけてきて、圭子を凝視するので、思わず身をのけぞらせた。「いろいろ」とは何のことか――そう思ったけれど、聞き流して、圭子は身体の向きを変えてエレベーターのほうに進む。

さきほどから、和田がフロント越しにこちらを気にして、ちらちら見ている。

今日の客は、大阪から来たという六十代の男たち十人で、同窓会だと聞いていた。

「久々で緊張しちゃうなぁ。普段、ダンナとしか話してないんだもん、ドキドキする」

アユはそう口にしながらも、嬉しそうにエレベーターに乗り込む。

宴会は難なく終わりはしたが、大阪から来た客ということで、アユがわざとらしく「なんでやねん！」「アホちゃうか」と、不自然な関西弁を使うので、客がしらけてしまわないかと圭子は心配していた。けれど、いい客ばかりで、笑ってくれていた。

「アユちゃん、関西人なん？」と聞かれると、「うちは富山生まれで、高校出てからずっと金沢やで！　おっちゃんたちが大阪やから合わせてるだけや」と答えて、幹事らしき男が、「俺ら大阪出身やけど、今はあちこち全国散らばってるから、あんまり関係ないけどな」と苦笑していた。

笑い声が甲高いのと、香水の匂いと、客の身体に何かと触れるのは気になったが、こういうノリの女を好きな男もいるのは知っている。

「美加さん、ちょっと迎えに来るの遅れるみたい」

ロビーに出てスマホを見たアユが、そう言った。

自分はこの旅館の寮にいるので、美加の迎えを待つ必要はないが、そのまま「お疲れ様」と戻るわけにもいかず、圭子はソファーに腰を下ろしたアユの向かい側に座る。

すると、アユは立ち上がり、圭子の隣に座り、膝がくっつくぐらい距離を近づけてきた。

「このほうが、話しやすいから」

アユはそう言うが、宴会で客の身体に触れていた様子を見ていると、人との距離を詰めたがる女なのだろう。

香水の匂いがますます鼻に付く。

「沙世さんて、バツイチで、もともとここの住み込みの仲居だったけど、美人だからスカウトされたんですってね」

圭子の顔を覗き込みながら、アユがそう口にした。

よく知らない女に、美加がそこまで話しているのかと思うと、いい気分はしない。

「まあ、コンパニオンのほうで人手がいるみたいだったから」

「和田さんの推薦もあったって聞いて納得しちゃった」

アユはどこか人を小ばかにしたような笑みを浮かべてそう言った。

指先には丁寧にネイルが施してある。

「でもバツイチって、大変ですね。子どももいないからマシか、うちもいないけど。沙世さんも、お綺麗なんだから、クソみたいな酔っぱらいに愛想ふりまくような仕事するより、金のある男を見つけて結婚したほうが気楽ですよ。ここに来るまで、東京だったんですよね。東京のほうが美味しい仕事いっぱいあるのに」

アユは圭子に話しかけながら、バッグからスマホを取り出し、何やら見ている。

「うちのダンナ、遊び人で酒飲みだし、姑はあたしが昔水商売してたってのが気にいらないらしくて、うるさくてクソだけど、やっぱ余裕のある生活って、いいですよ。不満を言えばまだ結婚して一年なのに、もうセックスレスってことくらい。まああたしだってまだまだ遊びたいから、お互い好きにやればいいかって」

今日会ったばかりなのに、いきなり「セックスレス」という単語が目の前の女の口から飛び出したので圭子は驚いた。

「美加さんも、景気が悪くなって仕事大変みたいだけど、辞められないし、男運悪いって、不幸ですよね。男を見る目がないっていうか……あ、美加さんから、もうすぐ着くってＬＩＮＥ来ました」

「そうなんだ。まあ、いろいろありますよね」

どう相槌を打てばいいのか困ると思いながら、圭子はとりあえずそう口にした。いろいろあるというのは、便利な言葉だ。

「沙世さん、先のこと考えたほうがいいですよ。ここの旅館、身売りの話があるんですよ」

「え？」

「例の、一万円以内で朝晩バイキングのやつ。うちのダンナね、観光の仕事してるから、いろんな情報が耳に入るんですって。和田さんは雇われ支配人だから、まだ知らないのかな。わかんないけど。どこも厳しいですからね。宴会して、コンパニオン呼んでみたいなのは、もう時代遅れなんですよ」

「そうなんだ……」

「沙世さん、結婚するのが一番いいですよ、勝ち組になれますよ。女の幸せは結婚だなって、あたし痛感してます。美加さんみたいに、女手ひとつで働き続けるなんて、不幸ですよ。今からでも婚活間に合いますよ。婚活アプリとか、いいの教えてあげます……あ、美加さん来た」

玄関の自動ドアが開き、ハイヒールでこちらへ向かってくる美加の姿が見えた。

「沙世さんとは、気が合いそう。ねぇ、親友になりませんか？　仲良くなりたいなぁ。今度飲みに行きましょうよ」

親友？　何を言っているのだと戸惑ったが、笑ってごまかして、立ち上がる。

「美加さん、おつかれさまでぇす」

アユは口角をあげ、客に見せたのと同じ笑みを浮かべる。


寮に戻って風呂の用意をし、食堂でうどんを食べたあとで温泉に向かう。

この時間はやはり人は少なく、圭子の他は客がふたりいるだけだ。

湯船につかり、アユから聞いた身売りの話について考えていた。本当なのだろうか。けれど、ありえないことではない。

今は蟹シーズンだから忙しいけれど、夏は人が来ないよと、食堂で従業員たちが話しているのを耳にしたことがある。

アユの言ったとおり、「コンパニオンを呼んで宴会する」団体旅行は減っていて、それならばバイキングの宿にして家族客を呼び込んだほうが効率もいいのだと。

――沙世さん、結婚するのが一番いいですよ、勝ち組になれますよ――アユの言葉を思い出すと、鼻で笑ってしまう。

結婚が勝ち組だと無邪気に思えるほどに、あの女は幸せなのだろうか。丁寧にネイルを施し、甲高い声で笑う、化粧の濃いあの女は。

けれど、自分もかつてはそう信じていた。たとえ外で女を作られようが、慎吾の妻は、勝ち組、勝利者で、自分は敗者なのだとも。未婚のまま子どもを産んだというと、たいていの人は、同情の眼差しを圭子に向けてきた。「結婚してもらえなかった、選ばれなかったんだね、可哀そう」と言わんばかりに。自分がそんなふうに見られるのには慣れたけれど、灯里が同情の言葉を投げつけられるのにだけは、負い目を感じていた。

それでも、結婚している女が勝ち組なんて、今は思えない。慎吾の妻が、夫が他に女を作り家と仕事まで与えることを黙認していたのは、ものわかりのいい妻を演じないといけないほど、「妻」の座にしがみついていたからではないか。

慎吾でなくても、灯里の父親だった男が、子どもができたとき、仮に妻と離婚して自分と結婚していたら——想像がつかない。どっちみちダメになったに決まっている。今では顔すら忘れている程度の男だ。

アユも、結婚が勝ち組、女の幸せは結婚と、自分に言い聞かせているだけなのではないか。美加のように独身で働き続けている女を見下すことにより、自分を保っているのではないか。

それにしても、アユと圭子が話しているのを、和田がちらちらと見ているのは気になった。そのくせ話しかけて来ようともしない。そしてあの女の口調も、まるで和田と自分が関係しているのを美加から聞いたかのように、思わせ振りだった。

面倒な人間関係に巻き込まれてしまったと、改めて圭子は痛感する。

逃げないといけないのかもしれない。

けれど、どこへ行けるというのだ。

目を瞑ると、海が浮かんだ。

断崖の向こうの深く青い海——この世の果ての美しい海。

翌日の仕事は片山津温泉で、菊池が迎えに来てくれた。宴会そのものは五十人ほどの社員旅行で、コンパニオンは七人、酌をするだけで時間が過ぎた。圭子以外のコンパニオンは、ワゴン車を運転する美加と共に金沢に帰る。

芦原に帰る車の中で、菊池とふたりきりになり、圭子は口を開いた。

「菊池さん、ちょっと聞きたいんだけど」

「菊池って、呼び捨てでいいですよ、年下なんだし」

「呼び捨ては私のほうが言いにくいから、じゃあ菊池くんで。昨日来てた、アユさんてコンパさんのこと」

「あいつ、なんか変なこと言いました?」

圭子が問う前に、菊池が大きな声を出す。

「変なことと言うか……美加さんとずいぶん親しいみたいで」

「あいつが十八歳のときに働いてた店で、美加さんチーフホステスやってて、いちから教えたって言ってました。それもあって可愛がってたというか……でもクレーム多いんですよ」

「クレーム?」

「客とよく喧嘩するし、自分からチップを客に要求したり、指名が欲しいから、ホテルの従業員と飲みに行って、他の娘の悪口吹きこんだりで、揉め事多かったんすよ。美加さん、それがわかってて、なんであいつ呼ぶかなぁ」

菊池がコンパニオン個人について何かよからぬことを口にするのは、はじめて聞いた。よっぽど嫌いなのだろう。

「……もしかして、和田さんとも」

「そうなんすよ。美加さん、それ知ってたはずなんすけどね。またあいつ、誰と寝たとかいうのを、武勇伝みたいにペラペラ喋るんですよ。俺も散々、聞きたくもないのに車の中で聞かされて、うんざりしました。下品なんですよ、あの女。今回の復帰も、うち長い人は、嫌がってます。だから沙世さんとコンビ組ませたんだと思います。あいつと絶対に組みたくない人、何人かいるから」

いろいろ腑に落ちた。

やはり和田とも関係を持ったことのある女だったのだ。だからこそ、昨日、和田はあんなふうに気にしていたのだろう。

「それと、あいつすごく嫉妬深いから。沙世さん、気をつけてください」

「嫉妬深い?」

「沙世さん、綺麗だし和田さんのお気に入りだから……」

「でも、自分で勝ち組って言ってたよ。セレブ妻なんでしょ。なんで私に嫉妬するの」

「セレブ妻かもしれないけど、ダンナの浮気癖がひどくて、しかもDVらしいすよ。美加さん曰く、『私ならとっくに離婚してるけど、それができない娘なのよね。ひとりじゃ生きていけない、本当は自分に自信のない娘だから』って。美加さん、本当にいい人だから、同情して面倒見てるんすよ」

いきなり親友になりましょうなどと言ってくる、人との距離の異様な詰め方など、アユから感じた不安定さを、菊池の話で納得させられた気がした。

「若くて可愛い娘が入ってくると、あいつがいじめるから、一緒につけられない、って」

「でも、私なんかに嫉妬するかな」

「なんで『私なんかに』なんですか。沙世さんがそう思うのが不思議です。まあ、面倒な女だから、あんまり関わらないのをおススメします。そもそも金に困ってないセレブ妻が、なんでコンパニオンのバイトを再開するかって話ですよ」

確かにそうだ、と圭子は思った。何かしら事情があるのだろう。

「俺もね、いつまでもこんなことしてられないなって」

菊池がふいに、ラジオのボリュームを下げて、そう言った。

「え、急にどうしたの」

「急にじゃないっすよ。ずっと考えてたことです。ちゃんと正規の職に就いて……あと、由美奈とのこともけじめつけないとなって」

由美奈とは、美加の娘で菊池の妻だとは以前聞いた。他に男を作り家を出ているのだと。

「俺もいい年だし」

まだ若いじゃないとは、口にできなかった。

「美加さんの世話になってるのは楽なんです。でも、いつまでもそうしてるわけにはいかない。

俺、頭悪いんすけど、他にできることないかなって。ちゃんとした職に就くなら、二十代のうちに何とかしないと」

菊池が大きく息を吐く。

「アカリがいなくなって――」

アカリという名前が前触れもなく菊池の口から出たので、一瞬驚いたが、コンパニオンの「アカリ」のことなのだとすぐにわかる。

「あいつ、いろんなことから逃げてたんだろうけど、逃げられないのもわかってたんじゃないかな。賢い子だったし。だから、きっかけに過ぎなかったと思うんすよね。今、どこで何をしているか知らないけれど」

朝から冷えると思っていたら、雹(ひょう)が降っていた。車のガラスに当たり、音を立てる。

今年は暖冬で雪が少ないとは聞いていたが、それでも北陸には、こうして冬が間違いなく訪れている。


さすがに人は少ない。

圭子は翌朝、午前中からバスに乗って東尋坊を訪れた。ここに来るのは二度目で、以前来たときはレイラに声をかけられた。

昨夜の雹は雪に変わったが、朝になる頃には溶けていて、道が濡れている。空は今にも降り出しそうな雲で覆われていて気温も低いので、圭子は背中と腰にカイロを貼りつけていた。

コンパニオンの仕事は夕方からで、今日は移動もないので、それまでに芦原に戻ればいい。

ひとりで部屋にいると、鈴木のこと、灯里のこと、美加や和田との関係――そのほかにも不安がこみ上げてくるので外に出てみたが、行き先はここしか思いつかなかった。

午前中だからなのか、観光バスが停まっている様子もない。お昼を過ぎればもっと賑わうのだろうか。もっとも、こんな寒い時期に震えながらこの断崖に来るのは、物好きぐらいかもしれない。

崖に続く道を歩く。濡れているので、転ばないようにブーツで地を踏みしめる。

階段を降りると、目の前に断崖と海が見えた。

以前来たときより、海の色が暗い。空の色がくすんでいるせいだろうか。

崖に近づくほどに、恐怖が足の下からこみ上げてくる。

圭子は自分の手が震えていることに気づいた。

引きずり込まれる――前に来たときよりも、目に見えない何者かに糸を巻き付けられ、手繰(たぐ)られている感覚があった。

自分は死にたいのだろうか。

いや、死ぬしかないのか。

生きることは許されないのか。

芦原に逃げてきたけれど、この新たな居場所も、段々と居心地が悪くなっている。和田と寝てしまったことだけではない。別人になりきれるほど自分は器用な人間ではなかったのだ。

「倉田沙世」として生きられたらいいのに、ずっと違和感が付きまとう。

罪悪感も日に日に大きくなる。それは慎吾や慎吾の家族にではなく、娘の灯里に対してだ。

昨夜、寮に戻り、灯里のインスタを見た。

〈天涯孤独だったらいいのに。そうしたら、もっと自由なのに。もちろん、私のことを助けてくれた人たちがいるから、今、ここに私が存在できるのはわかっているけど……〉

見覚えのある子熊の柄のマグカップに、珈琲がなみなみ注がれた写真と共に、そんな文章が添えてあった。

天涯孤独だったらいいのに――母親である自分なんて、いなければいいのにというふうにも読める。父親のいない子どもとして生まれ、同情や差別を受け、それでもしっかり育ってくれたけれど――灯里は逃亡犯の娘になってしまったのだ。

祖母は亡くなっているし、父親にあたる男は消息不明で、もう灯里には頼れる親族が誰もいない。

灯里とは、良好な親子関係を築いてきたつもりだった。灯里が圭子に反抗したことなど、一度もない。灯里は「いい子」だと思ってきたけれど、それは自分が無意識のうちに娘に我慢を強いてきたからなのかもしれない。

そんな灯里の、「天涯孤独だったらいいのに」という言葉に胸を突かれる。

自分は死んだほうがいいのだろうか。そうすれば、灯里は「天涯孤独」――自由になれる。

灯里は自分の死を望んでいるのかもしれないと、圭子は足もとの海を眺めながら考えた。もっと早くそうするべきだったのだろうか。こうして逃げて、男と寝て、美味いものを食べ、それなりに楽しく過ごしている自分は、どれだけ能天気なのだろう。

灯里を自由にするために、死ぬべきなのか。

圭子は崖に向かって、脚を動かす。

ここから飛び降りたら、死ねる。

脚が震えてきた。

死ぬのが怖いのだ、私は。

ふと脳裏に慎吾の死に顔が浮かび、圭子は腰を落とし、うずくまる。

死ぬべきなのに、死なないといけないのに、死ぬのが怖い。

私はまだ、生きることに執着している。

たとえ娘を苦しめてでも、生きたい。そんな自分のあさましさに反吐が出そうになるし、自分の欲望がおぞましいとも思うけれど、でも、私は、死ぬのが怖い——。

いつでも死ねるのだ。

死ぬなんて、簡単なことだ。一瞬で終わる。

圭子は震える唇を動かし、自分に言い聞かせながら立ち上がり、崖に背を向ける。

海から誰かが現れ、自分に覆いかぶさり、引きずり込もうとする恐怖から逃れるように、足を速める。

いつでも死ねるけれど、自分はこれからどうすればいいのか——。

バスに乗り込み、ふとスマホを見ると、レイラからＬＩＮＥが来ていた。

〈沙世ちゃん、おはよう。来週から十日間、また芦原の劇場に乗りますので、もし時間あれば観に来てください。越前海岸で話した「ナルキッソス」という演目を久々に舞おうかと思って、今レッスン頑張っています。来てね〉

そういえば、今日はレイラからもらった水仙のネックレスをつけてきていた。自分がさきほど身を投げなかったのは、このネックレスが護ってくれたからかもしれない。

死にきれないのは、レイラの存在もある。

自分はダメな女で、娘を不幸にした逃亡犯で、だからこそレイラの好意から来る親切が重くもあるけれど、それでもどこかでレイラに縋っている。

いつかその手も、振りほどかねばならない。


「沙世さん、ちょっといいですか」

和田は、コートを着て寮の前に立っていた。

そんなところに支配人がいたら目立つのにと、圭子はこの男の不用意さが不愉快だった。

和田とは旅館で顔を合わせても、なんとかふたりきりにならないようにしていたというのに。

鬱陶しかった。「二回目」が無いことを、察して欲しかった。大人なのだし、仕事で顔を合わせるのだから、そこは潔く割り切ってくれると最初は期待していたのだが、そうもいかないらしい。

「――少しなら」

さきほどコンパニオンの仕事が終わり、寮に戻ってきたところだった。

さすがにこうして堂々と寮の前まで来られては、逃げる言葉が見つからない。

「お話があるんです。三十分ほどでいいので」

着替えてくるから待ってくださいと圭子は部屋に戻り、制服を脱ぎ、セーターとジーンズを身に着ける。化粧を直す気もなかった。

もうはっきり、美加に気づかれているからと告げるしかない。だから、もうふたりきりで会うことはありません、と。

そう覚悟を決めたら、いくぶんか気持ちは楽になって、寮の玄関に出たが、和田の姿はなかった。スマホを見ると、ＬＩＮＥが届いていて、開くと〈駐車場で待っています〉と、あった。

仕方がないと、圭子は駐車場に向かい、和田の車を探す。和田は車のそばに立って圭子に手を振り、「じゃあ行きましょう」と急かすので、しぶしぶ圭子は助手席に乗り込んだ。

車という密室でふたりきりになりたくはなかった。この辺りは、夜に開いている喫茶店のようなものもないのだ。スナックならあるけれど、そこで話はできないだろう。

「この前のイタリアンは――」

「すいません、私、お腹空いてないんです」

「あ、そうですか」

圭子は嘘を吐いた。夕食を口にする時間がなかったけれど、和田と向き合ってゆっくり食事をする気分ではない。

「じゃあ、話だけで」

和田はそう言って、エンジンをかけ車を走らす。

どこに向かうのだろう。

もしもホテルにそのまま連れていかれたら、それはもう腹をくくるしかないという諦めはあった。けれど、それでずるずると関係を続けるのは圭子にとっては苦痛でしかない。

「この前、沙世さんと一緒に来た、中村真希子――」

「中村？　誰ですか」

「ああ、また名前変えてるのか。ロビーで沙世さんと話してた、コンパの」

そういえば、美加がアユを「真希子」と呼んでいたのを思い出した。

「アユさんという方ですか。美加さんと古いつきあいの」

「そうです、その人です」

和田はどこかホッとしたような口調になった。

「彼女、うちは一度、出禁にしたのに、沙世さんと一緒にいたから驚いたんですよ」

「結婚して辞めておられるけど、人手不足だから美加さんが頼み込んだって聞いてますけど」

「そうそう、辞めてるはずです。私も驚いて、あのあと『どういうことですか』って、美加さんに電話で聞きましたよ。どうも、美加さん、出禁のことは忘れてたみたいですけど、ずいぶん昔の話だからもう許してよって言ってました」

「出禁……」

圭子の知る限りでは、コンパニオンが特定のホテルに出禁になっているという話は、はじめて聞いた。

「あの娘、酒癖悪くて、すすめられたまま飲んだんだろうけど、ああいうノリの娘なんで、客も勘違いしたんでしょう。宴会中に、そのまま行為に……双方が同意なら、うちも何も言いませんけれど、宴会の様子を見にきた女性添乗員がショックを受けて、フロントに駆け込んできたんです。まあ、男性の宴会の悪ノリは、多くの女性には耐え難いものですよね」

圭子の脳裏にアカリの顔が浮かんだ。

酔った男に下着の中に指を入れられ、拒否すると容姿を罵倒されたアカリと、あのとき怒りのあまり感情的になった自分自身も。

「一緒に来てた若いコンパニオンさんも、本当にお酌だけだと聞いてたみたいで……さわられたりぐらいは覚悟していたんでしょうけれど、目の前で、というのはさすがにきつかったみたいです」

「そうでしょうね」

圭子は答えた。

「まあ、そういうことがあってね。女性の添乗員が、この旅館は売春宿なのかってまくしたてるし、うちとしても家族連れを呼び込もうとしている時期だったから、おかしな噂が広まったら困るし」

「大変でしたね」

「そうですね、私と美加さんで、添乗員とはずいぶん話をしましたね。派遣で来ている人ではなくて、大手旅行会社の社員さんだったから、向こうも強気だったし——それで彼女を出禁にして収めました」

「そうだったんですか……」

和田はそう言うが、本当にそれだけなのだろうか。

アユの思わせ振りな口調も気になっていたせいか、カマをかけてみた。

「和田さんと、何かあったわけではないんですね」

「……あいつ、そんなことまで喋ったんですか」

あまりにもたやすく、和田の口調が崩れる。

アユ本人ではなく菊池から聞いたのだが、それは黙っておいた。

和田は車をドラッグストアの駐車場に停めた。広大な駐車場には離れたところに車が数台停まっているだけで、端の方に停めてある車のナンバーも見えない。

「食事に行かないなら、ここで話しましょうか」

圭子は黙っていたが、それを容認されたと和田は考えたようだ。

「もしかして、それで沙世さんは、怒ってたんですかね」

驚いた。

怒ってなどいない、ただ避けていただけなのに。

LINEの返事がそっけないのを、そんなふうに思っていたのか。

「怒ってないですよ」

「信じてもらえないかもしれないけれど、誰でも誘っているわけじゃないです。それに中村真希子の場合は、向こうから来たんですよ。そういう女です」

何を言いたいのか。

あの女と和田が関係していようがいまいが、どうでもいいのに。

圭子は沈黙するしかなかったが、この沈黙を和田がまた自分に都合のいいように解釈するであろうことも、わかっている。

「沙世さんのことはね、大切に思っているんです。離婚して、行き場がなくて、苦労されていて……だから仕事を超えて、できるだけのことをしてあげたいと思って、寮を使ってもらい、美加さんのところの仕事もしてもらっています」

恩着せがましい。圭子の中で和田への嫌悪感が湧き出てきた。

この男は、私に同情しているのだ——そしてその同情と情欲を、恋愛感情と勘違いしている。慎吾もそうだった。

同情して、下に見て、優越感を得ることで、愛情と見せかけ支配をはじめる。

そして自分は男たちの同情に、甘えて生きてきた。

和田の手が伸びてきて、圭子の膝の上に置かれた。

触れられても、やはり嫌悪感しかない。圭子は脚に力を入れ、和田の指がそこからすすまないようにと警戒心を見せる。

「この前は、上手くいかずに申し訳なかった。みっともないところを見せてしまいました。だから今日は、ちゃんと薬も飲んできた」

そういうことじゃない！　と、圭子は叫びたい衝動にかられた。

笑えるぐらいに、この男は何もわかっていない。圭子が自分の思い通りになると疑ってすらいないのだ。

和田が顔を近づけてきたので、圭子は顔をそむける。

「美加さん、私と和田さんのこと、気づいてますね。何かおっしゃったんですか」

「……あいつは鋭いから……最初から、何度も嫌味を言われましたよ。あなたの好きそうな娘ね、なんて……。沙世ちゃん、言っておくけど、美加とは今は何もないから。昔は、くされ縁みたいな関係だったけど、もう今は仕事だけのつながりで、あいつに沙世ちゃんとのことを何か言われる筋合いもない」

また、「沙世さん」が、「沙世ちゃん」に変わった。

「美加さんには、お世話になってるんです」

「関係ないよ。君の面倒は、私が見るから」

何を言っているんだと、圭子は思った。

この男は、圭子が自分を拒むと想像もしていないのだ。

あんなつまらないセックスをしたくせに。

全く気持ちよくないセックスしかできなかったのに、圭子を「自分の女」だと思い込んでいる。

こちらに覆いかぶさろうとしている和田が、慎吾の姿と重なった。

「和田さん、ダメです」

「何がダメなんだ」

「ちゃんと働きたいから――」

「大丈夫だから」

何が大丈夫なのだ――圭子がそう口にする前に、和田の身体が圭子にのしかかり、腕を押さえつけてくる。

「はじめて見たときから、なんて可愛いんだと――」

そうやって唇を押し付けてきたのに対し、歯を食いしばって拒否を示す。

和田の臭いが自分に移りそうで嫌だった。

好きでもない男の加齢臭なんて、嫌悪感しかない。

大声を出して助けを呼ぼうかと一瞬考えたが、もし警察を呼ばれて困るのは自分だ。近くには他の車も、もちろん人の気配もなくて、和田はすべて計算ずくでここに車を停めたのだ。

「やめてください――」

圭子は低い声で、そう口にした。

「今日は、ちゃんとするから」

和田は身体を起こして、エンジンをかける。

「この前のところでいいかな」

やめてと言ったのに、この男は全く耳に入っていないのだろうか。

「やっぱり薬はよく効くよ。もう堅くなってる」

和田は左手を伸ばして圭子の手を握り、自分の股間に這わせた。

「嫌だって言ってるでしょ！　気持ち悪い！」

このままだとホテルに連れていかれてしまう――圭子は大声を出して、和田の手をはねのけた。

「気持ち悪いって……」

ようやく圭子に自分と寝る意思がないとわかったのか、和田が呆然とした表情で圭子を見る。

「帰ります」

圭子はシートベルトを外し、車の外に出る。

「おい、帰るって、どうやって帰る気だよ」

和田も車から降りて、追いかけてきた。

「車じゃないと、帰れないぞ。バスもないし」

もうここにはいられない――。

和田の声が聞こえるが、圭子は振り向くことなく走り出した。

7

金色のバングルは、圭子でもわかるブランド物だったが、身体にぴったりと張り付いた、ラメ入りの黒のコンパニオンの制服には不似合いだった。

「ちゃんと隠れてますよね」

大きなバングルを手首に巻き付けてきた理由を、アユは勝手に話し出した。

「私、もう三十七歳なんです。別にダンナとエッチしたいわけじゃないけど、子ども欲しいって言ってるのに、ずっと無視されてたんですよ。それで昨日、キレて、『死んでやる』って、ナイフで手首切ったんです。もちろん、本気じゃないですよ。だけどね、ダンナ、慌てるどころか『汚すなよ、俺が買った家なんだから』って。大泣きしちゃって目も腫れてるんです」

アユはそう言ってバングルをずらし、わざわざ絆創膏を外して傷を見せてくる。五センチほどの傷で、赤くなってはいるが、見た目にも傷口が浅いのはわかる。瞼が腫れているかどうかはわからないが、いつにも増してアイシャドウの色が濃かった。

今日は京都からの消防団の宴会にアユとふたりで呼ばれていたのだが、昼間の観光の行程がずれ込み到着が遅れたので、三十分間待ってくれということで、ロビーのソファーでふたりで顔を突き合わせていた。

「沙世さんは、子ども欲しいと思ったことないんですか」

唐突にアユが聞いてくる。

「あんまりないかな。好きじゃないし」

「離婚したのって、幾つのとき?」

「……わりと最近」

「相手は何歳?　どんな仕事されてたんですかぁ?　沙世さんて、美人だからモテたでしょ。どこで知り合って、どれぐらいお付き合いされてから結婚したんですか」

アユが次々と質問を繰り出す。

本当は結婚も離婚もせず、ひとりで子どもを産んで育ててきたのだが、「倉田沙世」の嘘の経歴をどこまで語るべきか。

芦原に来てから接した人たちは、訳ありなのだと察してくれて、ずけずけ踏み込んで聞かれたことはなかったが、目の前の女には、そういう配慮や気遣いなどはないようだ。

圭子が黙り込んでいるのを、話したくないのだと察する様子もなく、アユは質問を続けてくる。

「沙世さん、ここに来るまで東京だったんですよね。東京のどこ？」

「立川」

「倉田沙世」は、そういう設定だった。

「え！　そうなんだぁ。立川、私も昔住んでたんですよ、母方の実家があるんです。どの辺？」

下手なことを言えばボロが出ると、圭子は、なんとかごまかそうと「賑やかなところではないかな」とだけ答える。

「お客さん、まだかな」

自分でも不自然だと思ったが、フロントのほうをちらりと見て、そう口にした。話題を変えるのは、これ以上、踏み込まないでくれという意味だったが、通じただろうか。

「従兄(いとこ)が今も立川なんですよー。飲み屋やってて、かなり顔が広いんで、もしかしたら共通の知人とかいるかもしれないですね。元ダンナさんは、今も立川？」

はっきりと、「結婚生活はいい思い出がないから、話したくない」とでも言うべきか。

「お客さん、いらっしゃいました」

圭子が口を開こうとしたタイミングで、和田がやってきて、そう声をかける。

「待たされたんだから、チップくれないかなぁ。おねだりしてやろうかな」

「そんなことお客さんに言わないでくださいね」

和田が真顔でそう言うと、アユは「やだぁ！　和田さん！　ジョークだから！」と言いながら、和田の腕に自分の腕を絡ませた。

アユの追及から切り抜けられた圭子は和田に頭を下げて、エレベーターへ向かう。

先週、和田にホテルへ誘われたが、振り払って車から降りた。

小走りで国道に出ようとする圭子を和田は車で追いかけてきて、駐車場の出入り口で「こんなところからひとりで帰れないでしょう」と言ってきたが、狭い車内でふたりきりになるのが嫌で、「タクシーを呼びますから」と、その場で地元のタクシー会社に電話をかけた。

和田は気温の低い冬の夜に、郊外のドラッグストアの駐車場にひとりにしてはおけないと、タクシーが来るまで車を停めていてくれたけれど、その間、お互い何も話さなかった。

幸いにも十分ほどでタクシーが来て、圭子は乗り込んだ。

身体は冷え切っていたが、ホッとした。

冷静だった。これから先、どうなるかわからない。けれど近いうちに、逃げることだけは決めた。

時間がない――それはわかっていたが、いざ逃げるとなると、まず行き先から考えなければならない。

蟹シーズンは終わる。もうすぐ三月だ。そうなると仕事そのものも落ち着くだろう。

和田からは、〈ごめんなさい。強引すぎたかもしれない、反省しています。でも倉田さんのことを心配してるんです。それだけはわかってください。だからどうか御内密に〉と、ＬＩＮＥが来た。何が「心配」なのだと、鼻白む。和田はただ、圭子が無理やりホテルに連れていかれそうになったと騒ぐのを警戒しているだけなのだ。自分を守ることしか考えていないのは、よくわかった。

もう芦原にいられないのは和田のことで決定的になった。アユが圭子に関心を持っている様子も気になる。ただの好奇心に過ぎないはずだが、どこかで圭子の嘘がバレて不審に思われないか不安だった。

逃げなければ。

でも、どこに。

〈仕事、辞めるかもしれない。人生をいちからやり直したいとも思う〉

灯里のインスタには、壁にかけたスーツの写真と共に、そんな文章があげられていた。

スーツは就職祝いに、圭子が買ってやったものだ。

世話になっていた男が家で死に、母親が逃げ、おそらく警察に追われている。灯里の友人や職場の人や恋人が、灯里を支えてくれていてありがたい——なんて思ってはいたけれど、それも自分に都合のいい解釈だ。

とにかく今、自分の中には「逃げる」道しか選択肢がない。警察に出頭する気にはどうしてもなれずにいた。それぐらいなら、死んだほうがいい。

もしも自分が死んだら、灯里はホッとするのかもしれない。逮捕され刑務所に入り——自分が生きている限りは、灯里を苦しめることになる。それならばいっそ、死んで、この世から消えてしまったほうが娘のためになる気がしている。

いざとなれば死ねばいい。

逃げる日を決めよう。だらだらしている時間はない。

圭子はスマホのカレンダーを見た。

一週間後にしよう。

仲居の仕事もコンパニオンのほうも、給与は手渡しにしてもらっていた。一週間後は、どちらも給料日だ。

とりあえず大阪か京都辺りのビジネスホテルに移動して、そこで今後のことを考えよう。スマホはどこかで捨てて、ネットカフェで調べよう。

関東方面には戻らないほうがいい、もっと遠くがいい。

寮のある旅館の仕事か、パチンコ屋なども住み込みでいけそうだ。山陰、四国、九州――ふと、「九州」で、アカリの顔が浮かんだ。あれから消息は全く聞かないが、元気にしているのだろうか。

ずけずけと他人に踏み込んでくるアユに比べ、アカリは若いけれど気遣いもでき、さりげなく助けてくれて、いい仕事のパートナーだった。それに、自分の娘の灯里と名前も年も一緒で、親しみもあったから気にはなっていた。けれど、自分はもうそれどころじゃないのだ。

もともと持ってきたお金と、コンパニオンや仲居の仕事で得た給料、そしてチップなども金庫に置いてある。

一週間後に逃げると決めたら、気持ちは楽になった。

私が死んでも、誰も悲しまない、だって、「鶴野圭子」は、すでにいないのだから。

先のことなどわからないから誘いへの返信はしなかったが、芦原を去る前に、ひとつ心残りがあるとしたら、それはレイラの存在だった。どこの誰だかもわからない女に、親切にしてくれたストリッパー。もう二度と、彼女と会うこともないだろう。最後にもう一度、レイラの舞台を観たかった。

仕事の休みは明後日だけだったので、その日に劇場に行くことに決めた。

逃げることを打ち明けはしないけれど、最後に会いたい人がいるとしたら、レイラだけだった。和田にも美加にも、未練はない。世話にはなったけれど、情のようなものはない。

見慣れぬ女が、美加と一緒に旅館のロビーに現れた。

今日も、アユとふたりだったはずだ。

美加は圭子を見ると、早足で近づいてきて、目の前で手を合わす。

「沙世ちゃん、ごめんね。真希子……アユが、急病で」

「具合悪いんですか」

「なんだかね、あの娘、気まぐれだから。それで、急だったから、うちの娘もみんな動けなくて、たまに顔を合わせてたよその事務所の娘にお願いして来てもらったの」

「リサです」

と、その女は頭を下げた。

茶色の髪の毛は長く、ウェーブがかかっている。年齢は、自分と同じぐらいだろうか、若くはない痩せた女だ。ほうれい線がくっきり刻まれ、ファンデーションがよれている。

「沙世です、よろしくお願いします」

圭子も頭を下げる。

「よろしくね」

美加は申し訳なさそうな表情でそう言って、フロントの和田のほうに近づいていった。

圭子はどこかホッとしていた。隙あらば、圭子の過去に踏み込もうとするアユといると緊張するし、疲れる。

「じゃあ、行きましょうか」と声をかけ、リサと共にエレベーターに乗った。

今日は滋賀県の老人会だと聞いていた。

リサは慣れているのか難なくこなし、宴会はこともなく終わった。

ロビーに行くと、和田と美加が話していた。ふたりの姿を見ると、和田が避けるように離れてフロントに戻る。

そこまで露骨な態度をとるなんて大人気ないし、美加だって不審に思うだろうと腹が立ったが、どうせもうすぐ逃げるつもりだからと自分に言い聞かせる。

「リサちゃん、車の中で着替えて待ってて。すぐ行くから」

と美加が言うと、リサは「はーい、お疲れ様です」と、玄関を出ていく。

美加は「ちょっといい？」と、立ったまま圭子に話しかけてきた。

「本当にごめんね。真希子、明日からも一週間ほど仕事いけないってさっき連絡来たのよ。具合が悪いってどういうことなのって聞いたら、旦那と喧嘩して殴られて顔が腫れてるらしくて……」

圭子はバングルで傷を隠したアユの手首を思い出した。

「金はあるけど、どうしようもない男よ。あの子、昔から男運悪いの。親とも折り合いが悪くて、高校中退だから仕事も限られてるでしょ。昔から、私に懐いてきて、つい情にほだされて面倒見てきて、やっと結婚して安心してたのに」

美加は大きくため息を吐く。

胃が荒れているのか、口臭がきつくなっているようだった。

アユも美加も、お互い「男運が悪い」と言い合っているのがどこかおかしくもあった。けれど圭子だって、きっと同じことを言われているのだろう。

「真希子がそんな感じだから、沙世ちゃんにはもっと働いてもらわないといけないの。さっき和田さんと話してね、旅館のほうも人手不足なのにって嫌味言われちゃったけど……」

和田は圭子との揉め事は美加に話していないようだ。

和田としても「恥」でしかない出来事だからか。

「真希子は自由になるお金もなくてね。だからお小遣い欲しいって、コンパニオン復帰したいって頼み込んできたのよ。結婚で辞めるとき、散々、他の娘たちに、自分は結婚して玉の輿に乗った勝ち組だ、働かないと生きていけないなんて可哀そうとか言って、怒らせてたくせにね。でも、あの娘、悪気はないのよ、天然なの」

デリカシーの無さを「天然」という言葉に言い換えているのに鼻白む。

「そういうわけで、うちも大変。でもねぇ、ごめん、ひとつ聞きたいことがあるの」

「なんですか」

やはり和田のことか――と圭子は警戒する。

「沙世ちゃん、お客さんとアフター行ったりしてないわよね」

「アフター？」

「真希子が、沙世ちゃんがお客さんに誘われて、でも断ってる様子もなかったから、行ってるんじゃないかって」

「え？　なんですかそれ」

思いもよらないことを言われ、圭子は少し大きな声が出てしまった。

「そんなことしてません」

「そうよね、沙世ちゃんそんな娘じゃないって、私も信じてる。真希子の勘違いよね」

確かに、先日アユと一緒に行った消防団の宴会でも、ひとりの男に気にいられて、「このあと一緒に飲もう」としつこく言われ肩を抱かれた。「アフターはやってないんですよ」とはっきり言うのは雰囲気を壊すからと、「飲みすぎですよ。このあとは明日に備えてゆっくり休んでください」などと誘いを躱しただけで、応えてなどいない。

「私もね、真希子が気にし過ぎただけだと思うのよ。あと、自分のほうが若いのに、沙世ちゃんのほうがお客さんにモテちゃうのも、面白くないのかもしれないの。そういう娘だから、誰とペア組ますか難しくてね」

嫌われ者の面倒な女を、私に押し付けているんですか――圭子はそう口にしたい衝動を抑えた。

「ごめんね、今言ったこと忘れて！」

不自然なほど明るい声だった。美加がバッグから小さな袋を取り出す。

「これ、さっき売店で買ったの。食べて」

羽二重餅だった。

そういえば、以前も美加に「甘いものでも食べて」と渡されたことがある。けれどお菓子でごまかそうとするのは、まるでバカにされているように思えた。子どもではないのだから。

「リサちゃんを送っていくから、そろそろ行くけど、沙世ちゃん、頼りにしてるから、よろしくね！」

美加はそう言って、口角をあげ笑顔を作る。

おつかれさまでした——とだけ口にして、圭子が頭を下げると、美加はヒールの音を鳴らしながら玄関から出ていった。

美加の姿がそこから消えても、圭子はしばらく扉の向こうを眺めていた。


「沙世さん、お休みのところすいません」

朝早くからの電話は、心臓に悪い。

自分の母親が亡くなったときも、早朝に病院から電話があったことを瞬時に思い出した。

「寝てましたか？」

「はい」

電話の向こうの声は、和田だった。

時計を見ると、朝の八時だ。

「急で申し訳ありませんが、今日の昼、うちの手伝いに入ってくれませんか。昼の十二時から五十人の宴会が入ってるんですけど、アルバイトの娘がふたり、インフルエンザになってしまって、人手が足りないんです」

「私は何をすればいいんですか」

頭の中はまだ眠ってはいたが、断れないのはわかっていた。

夜はレイラの舞台を観に劇場に行く予定だったが、昼間は空いている。

「食事を出してもらうだけでいいです。困ってるんです、お願いします」

「わかりました。何時に行けばいいですか」

「十一時で。二時には宴会は終わりますから」

「了解です」

「非常に助かります」

和田の口調から、本当に困っているのがよくわかった。インフルエンザなら、今日だけではなくしばらくは働けないだろう。

美加のところもだが、旅館も人手不足で、そんなときに姿を消すのは迷惑をかけるだろうと申し訳なさがよぎったが、こちらも切羽詰まっている。

十一時なら、まだ少し時間はあると、圭子は目を瞑る。布団の中は、温かくて心地がよい。北陸は寒いのだと覚悟していたが、暖冬だと言われるし、想像したほどではなかった。

毎晩温泉に入っているせいかもしれない。広い浴場に慣れてしまうと、家庭用の風呂には入る気がしなくなる。

美味しい物を食べて、温泉に入って――でも、そんな生活とももうすぐお別れだ。

また少し眠り、十時になると布団から出て身支度し、仲居用の着物を身に着ける。ずいぶんと早く着付けができるようになった。

十一時前に旅館に行き、宴会場に上がると、数人の顔見知りの仲居たちが動き回っていた。

「助かるよ。インフルエンザとか言われたら、無理して働かせるわけにいかないしねぇ」と声をかけられた。

調理場の見本通りに、鉢を並べる。

蟹の懐石で、蟹の甲羅と脚、蟹しゃぶもついている。

食堂でおそらく残り物であろう蟹を使った酢の物や、蟹の殻の入った味噌汁などは食べたことはあったが、このような立派な蟹を口にする機会は無かった。毎日、宴会場で見てはいるけれど、さすがに従業員食堂に蟹そのものは出てこない。

芦原を去れば、蟹など見る機会すらないだろう――そう考えると、急に空腹を感じた。そういえば、朝食を食べ損ねた。

越前ガニも松葉ガニも、どちらもズワイガニの雄なのだというのも、芦原に来てはじめて知った。コンパニオンの仕事で宴会に出たときに、蟹には詳しいんだという男がいて、講釈を垂れていたのを感心しながら聞いた。

芦原に来てから、毎日のように蟹を目にして、旅館の廊下を歩いていても、焼きガニなどの匂いが漂ってくるのが当たり前だった。だからこそいつでも食べる機会はあるだろうと思っていた。

準備がほとんど出来た頃、バスが着いたという知らせがあり、客が入って来る。京都の南、山城地区からの老人の日帰り旅行ということで、年配の男女がエレベーターで次々と現れ、いらっしゃいませと頭を下げる。

皆が宴会場に入ったところで、飲み物を持って部屋に向かい、鍋にも火をつける。

思いのほか酒がよく飲まれて、二時間、休む間もなかったが、コンパニオン仕事と違って、喋らず身体を動かすだけというのも楽ではあった。

あっという間に宴会が終わり、料理を片付ける。酒ばかり飲んでいた人もいたせいか、ほとんど手を付けられず残っていた料理もあった。

「残飯はこのバケツに入れて、空いてる皿だけワゴンに積んで」

広い宴会場は、圭子と、あとふたりだけになった。

圭子は蟹が乗った皿をふたつ手にして、宴会場の外に出た。左手の階段の踊り場に残飯用のバケツとワゴンが置いてある。

もったいない——強い衝動にかられて、考えるより先に、蟹の脚を一本、手にしていた。全く手が付けられていない蟹の脚は、真ん中に切れ目が入れてあり、指で簡単に開く。

圭子は辺りを見回す。

廊下の奥で、死角になっている。誰かが近づいてきたら、すぐに足音でわかるだろう。

皿をワゴンの上に置き、蟹の身を出して口に入れた。

じゅうっと汁と柔らかな身が口の中に広がる。

美味い。

そんなにいい蟹ではないと調理場の人たちが言っていたけれど、圭子からしたらじゅうぶんに美味しく感じる。高級品で滅多に食べられない、人がありがたがる食べ物だという思い込みがあるからかもしれないが、美味い。

もう一本。圭子はまた脚を手にして切れ目に合わせて真ん中を開き、口にする。

四十代後半の女が蟹の盗み食いなんて、見つかれば恥ずかしい行為だが、捨ててしまうのはもったいないではないか。

芦原を去れば、蟹を口にすることなどできなくなるのだから。

話し声がした。圭子は蟹を呑み込み、皿に残っている残飯をバケツにいれた。もう一度宴会場に入り、残りものの多い皿を手に、ワゴンに戻る。

「もういいよ、あとはなんとかなりそうだし。ありがとう。お昼ご飯行っといで」

三十分もしないうちに、仲居のひとりにそう言われて、圭子はお疲れ様ですと、頭を下げる。

トイレに行き、石鹼で手を洗って、鼻に指を近づけた。

蟹の匂いが、とれない。

もう一度と、石鹼を泡立てて、指先を丁寧に洗う。

蟹の匂いというものは、どうしてこんなにしつこく残るのだろう。

食堂で、冷めた鶏のから揚げと卵焼きの入った弁当を食べたあと、寮の部屋に戻り部屋着に着替える。時計を見ると、午後三時を過ぎていた。

あわらミュージック劇場でのレイラの舞台がはじまるのは八時以降なので、まだ時間はあるが、あと数日で芦原から立ち去るのだからその準備はしておこうと、押し入れからスーツケースを取り出した。必要最低限のものしかもっていかないつもりだ。

ここに来てから買ったものは、下着など、生活に必要なものしかない。大事なのは現金で、それさえあればなんとかなる。

芦原から京都に行き、ネットカフェを利用して、その後の行き先を考えるつもりだった。自分は宮津の生まれではあったが、そこは父の故郷で、幼い頃に両親が離婚してから父とは会ったこともないし、連絡先も知らない。

娘の灯里と同じだ。灯里も、父親の顔を知らない。写真も、すべて捨ててしまって残っていない。圭子自身も、今はもう、灯里の父親だった男の顔を忘れてしまった。そのくせ、灯里が父親似だとはわかるのだ。生まれたときから、自分とは全く似ていなかった。食べても太らない体質も、父親似だろう。自分に似なくてよかったとずっと思っていた。

自分の父親は、どんな男だったのか。それ以前に、生きているのか、死んでいるのか、それすらもわからないし、探そうという気もなかった。

それなのに、自分は父の故郷と同じ海のそばに来ている。

圭子はふと、テーブルの上に置いていた、はじめてストリップを観に行ったときに撮られたポラロイド写真を手にした。笑顔のレイラがうしろから圭子を抱きしめている。戸惑いを隠せない表情の自分が写ったこの写真を見たときに、「美人」であるこの女が、自分自身とはどうしても思えなかった。けれど、毎日鏡を見て、今はだいぶ慣れている。

逃げるときに、この写真も忘れないようにしよう――そう誓って、圭子は鍵で金庫を開け、ポラロイド写真を現金の上に置いて、再び鍵をかける。

京都からは、どこへ行こうか。逃亡の旅なのに、心を弾ませている自分がいた。そもそも警察に追われ、娘を苦しめている逃亡犯なのに、芦原を離れることにより、今度は世話になった和田や美加にも迷惑をかけることになる。急にいなくなれば怪しまれるかもしれない。けれど、ここではないどこかで、また別の人間を演じるのに、不思議と不安はなかった。

芦原で過ごした時間は長くはないけれど、レイラやアカリと出会い、毎日が楽しかった。別人になれたからこそ、卑屈になることもなく誰とでも接することができた。それも含めて、自分は「倉田沙世」になって、はじめて自分の人生を謳歌している気がしてならなかった。

男運が悪く容姿にも自信のない、母親としても最低だった自分を捨てて、短い期間だったけれど、生き直すことができた。

だから、今からでも、新たな名前で、再び違う人生を生きることだってできる気がする。

いざ死ぬ勇気は今はないけれど、死という選択肢があるのが、却って生きるエネルギーになる。

果てまでとことん逃げてやる——。

圭子はセーターにジーンズ、胸元にはレイラにもらった水仙のネックレスをつけた。

レイラの踊りを観るのも、これが最後だ。

芦原に来てから、レイラには本当によくしてもらった。「友達」という言葉を使うのは気恥ずかしいけれど、屋台で飲んだり、永平寺や越前海岸に行ったり、短い間にレイラとの思い出はたくさんできた。

だからこそ、最後に舞台を観たかった。同い年の、ストリッパーの舞いを。

今日、ステージを観に行くと、レイラに仕事の前にメッセージを送ったら、〈了解。ありがとう、沙世ちゃん。今日は、沙世ちゃんのために全身全霊で舞うから、待ってるね。絶対に来てね〉と、念押しするような返事が来て、自分は別れの挨拶のつもりなので、少し胸が痛んだ。

蟹シーズンだからなのか、少しだけ人が歩いているのが見えて、足湯の施設も家族連れが何組かいた。芦原に来た頃は家族連れを見る度に、灯里への申し訳なさが湧いてきたが、今はもう、それはない。

圭子はあわらミュージック劇場へ入った。開演時間まではまだ間があるが、お客さんの姿もちらほら見える。宴会が終わってから来る客などもいるので、これからだんだんと賑わってくるだろう。

圭子は正面の真ん中の席の端に座る。壁際にタンバリンを手にしてヒロさんが待機しているのが見えた。

最初に劇場に来た際は、自分がストリップ劇場なんて場所にいていいのかという怯えで緊張していたけれど、今はすっかり落ち着いていて、レイラの舞台が楽しみでならない。もう、美しいものに対して、昔のように卑屈になったりせず、素直に賞賛できる。

それは自分と同じ年のレイラが、すべてをさらけ出して、多くの人を感動させているのを知ったからかもしれない。レイラのおかげだ。

レイラの出番は今回もトップだった。開演のアナウンスが響き、場内が暗くなる。

「花のトップステージを飾りますのは、芦原の舞姫、雪レイラ嬢です」

アナウンスが終わると、舞台にスポットライトがあたる。

舞台の二階に、レイラがいた。

結い上げた髪の毛に、大きな白い花飾りをつけているが、真ん中の軸が黄色い――水仙だ。白い着物には光る素材の糸をつかっているのか、照明があたりキラキラと光っている。

琴の音が鳴り響いた。

レイラは顔をあげ、まっすぐ宙を見つめる。音楽に合わせ、ゆっくりと螺旋階段を降りるにつれ、着物の裾がまるで孔雀の羽のように広がる。

レイラは早足で客席に向かって進んでいく。盆の真ん中に立ち、帯を解き、着物を脱ぐと、薄い黄色の襦袢姿になった。

くるっと一度回り、腰紐を解き、襦袢を両手で広げる。そこには水仙が描かれていた。まっすぐに伸びた緑の葉、白い花と黄色の軸――ギリシャ神話の「ナルキッソス」の話に出てくる、水仙の花だ。

乳房も露わになった。腰から下は、腰巻で隠されているが、筋肉がなだらかな線を描く太ももとふくらはぎが裾から見える。

レイラはさきほど脱いだ白い着物を肩にかけ、舞台に背を向けて音楽が終わるのと共に袖にはける。

今度は聞き覚えのあるジャズが流れてきて、同時にヒロさんのタンバリンの音が、リズムに合わせて鳴りはじめる。

再び現れたレイラは、頭に水仙の髪飾りをつけたまま、身体にぴったり張りついた黄色のドレス、その上に白の透けた布をまとわせている。ドレスには深いスリットが入り、レイラはそこから大きく脚を宙に伸ばした。

さきほどの舞いと違い、レイラはまるでバレリーナのように、広い舞台を伸び伸びと飛び跳ねながら踊る。

自分と同じ年なのに、よくこれだけ軽快に動けるものだと圭子は見入っていた。

レイラが舞う度に、白い布がふわりとまるで蝶の羽のように動く。

ナルキッソス――水仙の花言葉は、「うぬぼれ」「自己愛」――自分しか愛せず、泉に映った自分の姿に触れようとして死んだ少年――。

また音楽が変わり、今度は静かなバラードだ。

レイラは舞台の前にすすみ、立ち止まり、両手を伸ばして宙を見つめる。

手を動かし、もがく。

愛するものが手にはいらないナルキッソスを表現しているのだ。

欲しいものは、実はそこに存在しない。自分しか愛せず、人を愛することを知らぬがゆえに、人を傷つけてきた罰を受けるナルキッソス。

私は誰かを愛したことがあったのだろうか――圭子は考える。

愛していた、つもりだった。灯里の父親だった男も。だから子どもが出来たときに産もうと決めた。そして慎吾のことも、愛していたつもりだった。いや、愛していたときも、きっとあったのだ。幸せなときも。

鈴木のことだって、恋愛感情などないつもりでいたけれど、抱き合っているときの幸福感は、愛ゆえだったのかもしれない。

自分しか愛せないどころか、自分すら愛せない人間だと、ずっと思い込んで生きてきた。今はどうなのだろう。顔を変え、別人となった私は、自分を愛せているのだろうか。

わからない。

男運が悪く、不幸なシングルマザー。学歴も資格も才能もなく、美しくもない、冴えない女。同情を買って男に助けてもらい、その言いなりになることで生きてきた中年女。何ひとつ、自分の力ではできない女。

自分が大嫌いだった。

だから逃げた。

慎吾にたまに義務のように求められるセックスは、いつしか自分の心を削っていった。そんなセックスしかしなかったから、ますます自分はダメな女だと思い込んでしまっていたのだ。だけど、そのまま死ぬのは嫌だと、自分の人生を生きるために鈴木と出会ってセックスした。愛のないセックスではあったけれど、一緒にいる時間は、鈴木が存分に圭子の心と身体を潤してくれ、誠意さえも感じた。それでどれだけ生き返った気がしたことか。

鈴木は死んでしまった。

悲しみは感じていないつもりだったけれど、もう抱き合えないのだと思うと、今になってやっと寂しさがこみあげて胸がしめつけられる。

鈴木は私を生き返らせてくれた、かけがえのない存在だった。

今年、自分は四十七歳になる。

でも、まだ、大丈夫だ。

鈴木のおかげで、今なら、そう思える。

和田みたいなくだらない男と寝てしまったが、作り物の美貌を武器にできることもわかった。

慎吾の死はきっかけに過ぎなかった。違う人生を生きるための、単なるきっかけ。

逃げるのに疲れるときが来るかもしれない、生きることをやめたいと思うときも。

そのときは、死ねばいいのだ。

きっと誰も悲しまない。

けれど、力尽きてしまうまでは、生きることにしがみついてやる。

この世の果てまででも、生きのびて、逃げる。

私はまだ、大丈夫だ――。

舞台の上では、レイラが黄色いドレスを脱ぐ。

白く透けた布だけを纏い、レイラは寝そべり、高く脚を掲げる。ピンと爪先まで伸びた脚は、微動だにしない。

ナルキッソス――自分しか愛せないのは罪なのだろうか。

レイラは透けた白い布を纏ったまま立ち上がる。小ぶりの乳房も、尻も、無駄な肉のない背中も、布の下に見えている。

すべてをさらけ出し、生きていることを見せつけて踊る女。

レイラは舞台に背を向けて、螺旋階段を上がっていく。

舞台の二階に立ち、両手を広げたレイラは満面の笑みを浮かべる。レイラが頭につけている大きな水仙の髪飾りを外し、宙に向かって投げると、白い花びらが舞台上に舞ったのと同時に、照明が消えた。

大きな拍手で沸くなか、レイラの「ありがとうございました」という声が聞こえた。

場内が明るくなり、圭子は席を立つ。涙がこぼれていたので、手で拭う。レイラのステージを観ると、泣いてしまう。鈴木が死んだと知ったときですら、泣けなかったくせに。

ひとりで戦って生きているのだ、この人は——そう思えるからかもしれない。

今から、ポラロイドカメラでの写真撮影の時間だ。レイラに感想を伝え、心の中だけで別れを告げ、寮に戻るつもりだった。客席から向かってステージの右端に列ができはじめているので、圭子も並ぶ。

「よろしくお願いします」

レイラが襦袢を羽織った姿で登場した。最初の白い着物の下に身に着けていた、内側に水仙が描かれている黄色の襦袢だ。

圭子の順番が回ってきた。レイラが「沙世ちゃん、来てくれてありがとう。どうだった？」と、聞いてくる。

「よかったです。綺麗でした」

「水仙の演目、久々だから緊張しちゃった。でも喜んでもらえたなら嬉しい」

レイラがそう言って、笑顔になる。圭子がお金を渡すと、レイラが「ヒロさん、沙世ちゃんとツーショット撮ってよ」とカメラを渡し、舞台の下に立つ圭子をレイラがうしろから抱きかかえるようにしてポーズをとると、ヒロさんがシャッターを押した。

ポラロイドカメラから写真を取り出し圭子に渡したあと、レイラは圭子の手を握った。

「沙世ちゃん」

レイラはじっと圭子の顔を見るが、それまでの笑顔は消えていた。

「ごめんね」

レイラはもう一方の手も添えて、両手で圭子の手を包み込む。さっきまで舞っていたせいか、レイラの手は汗ばんでいた。

「私ね、長くこの世界にいたから、顔を変えている娘は、なんとなくわかっちゃうの」

圭子の足もとがひんやりとした。

「もちろん、そんなこと珍しくもないし……でも、それだけじゃない。一緒にお風呂入ったとき、もしかして子ども産んだことあるのかもって思ったから、聞いたの。直感でしかないけれど……。顔を変えて経歴を騙(かた)るのは、何かしら事情があるんだろうなというのは察してて……沙世ちゃんに東尋坊で会ったときから、ずっと気になってた。あのとき、あなた、海に吸い込まれそうだった」

手を振りほどくべきなのに、できない。

レイラは何を言おうとしているのか。

「あのね、逃げても逃げても、逃げられないのよ。最後に逃げるところは、死しかない。沙世ちゃん、あなた、いつか死んじゃう。私はそれが嫌なの。もう誰も、私は失いたくない。自分で命を絶つほど、人を悲しませることはないのよ。沙世ちゃんのこと好きだから、助けたくて

——ヒロさんに相談して、調べてもらったの。ヒロさん、堅い仕事に就いてたって言ってたでしょ。私しか知らないことだけど、福井県警のお偉いさんだったの」

圭子の脳裏に、レイラと過ごした様々な場面が蘇ってきた。

越前海岸で、スマホでふたりの写真を撮ったのは、「今」の圭子の顔を残すためだったのではないか。あのとき、竹人形が写っている写真を手渡され、見たあとに返した。あの写真には指紋が残っているはずだ。それだけではない、レイラがお茶を入れた水筒を持参していたのは、圭子の唾液を採取するためだったのではないか。

ふと隣を見ると、ヒロさんが目を伏せていた。

温厚で、いつもにこにこして、「レイラちゃんに友達ができて嬉しい」と言ってくれていた、ヒロさん。

「自首をどうやってすすめようかこのところずっと考えてたけれど、今日、沙世ちゃんから連絡が来て、もう、時間がないって思った。沙世ちゃん。私、あなたに死んでほしくないの。だから——」

レイラさん——あなた、本当に、親切で、いい人で、優しくて、おせっかいで——だからずっとあなたが怖かった——。

その言葉を発するまえに、圭子はレイラの手を振り払って背を向け、人をかき分け早足で出口に向かう。

ごめんね、ごめんなさい、灯里——娘の顔が頭に浮かんだ。

場内の扉を開け、劇場の外に出ると、雪が舞っていた。

「鶴野圭子さん、ですね」

コートの下にスーツを着込んだ男たちが数人、劇場の外に立っていた。

警察の人間だというのは、すぐに察した。

鶴野圭子——その名前で呼ばれたのは久しぶりで、まるで他人の名のようだと思いながらも、圭子は「はい」と頷いた。

崖の下から手が伸びて、誰かが自分の足首をつかみ、引きずり込む。
抗おうともがくが、なすすべもなく海に落ちていく――そこで目が覚めた。

8

小松空港からバスと電車を乗り継ぎ、ＪＲの芦原温泉駅のコインロッカーに大きな荷物を預け、京福バスに乗り換えた。目的地までの四十五分間、灯里は見慣れぬ景色を眺めていた。東京近郊に住んでいると、だいたいどこにでも電車で移動できるので、路線バスに乗るのも新鮮だ。こんなふうに景色を眺めながら路線バスに乗るのは、何年振りだろうか。学生時代に、友達と北海道を旅行したとき以来かもしれない。

福井県に足を踏みいれるのは、はじめてだった。

母が福井で逮捕されたと警察から聞いたときも、場所がピンと来なかった。母が逃げてから、もともと死んだ男のものだった家を出て、東京でひとり暮らしをはじめた。追い出されたというほうが正しいかもしれない。

血を流して倒れている男を見て、警察に通報すると、パトカーが来た。近所の人たちも何かあったと気づき、野次馬が集まってきた。灯里はいったん警察署で事情を聴かれたあと、最低限必要な荷物だけスーツケースに詰めて、そのまま駅前のビジネスホテルに泊まった。

第一発見者であるので、翌日も取り調べは続いた。母の行方を聞かれたが、まさか逃げるとは灯里も予想外だったので、知らないと言い続けるしかなかった。取り調べをした警察官は、ドラマのように乱暴な物の言い方はしなかったので、灯里も冷静でいられた。

三日後、もう野次馬はいないだろうと、警察官に伴われて家に帰ると、男の妻らしき女とその息子が、居間にいた。

想像していたより小柄な、ショートカットのその人は、毛玉のついたグレーのセーターを着ているのに、ブランドもののネックレスと、大きな石のついた指輪、パワーストーンらしきブレスレットを身に着けているのがアンバランスだった。ブレスレットが、死んだ男とお揃いであるのはすぐに気づいた。

息子は、三十代前半だろうか。目もとが父親と似ているが、小太りで頬が赤らんで、偶然なのか母親のセーターと同じ色合いのグレーのパーカーを着ていた。一目見た瞬間、「モテなさそう」と思ってしまった。

灯里は、「申し訳ありません」と、頭を下げる。

「私は知ってたよ、女がいるのは。だけど、苦労して子どもを育ててる可哀そうな女だから、人助けなんだって言われて、我慢してたのに、まさか」

女は尖った声で、恨めしそうな言葉を灯里に投げつける。

「お前、母親がどこに逃げたのか、知ってんだろ」

息子にそう言われて、「本当に知らないんです」と答えながら、この息子も、あの男と同じように、見ず知らずの女を「お前」と呼ぶ種類の人間なのだと思うと、侮蔑の感情が湧き起こってきた。

「人の旦那の金で、ぬくぬくと生きてきて、あげくの果てに私たち家族をこんな目に遭わせて。あんた犯罪者の娘なのよ、わかってる？」

言い返すと面倒なことになるのはわかっていたので、「はい、本当に申し訳ありません」とだけ口にした。

「あの人は、誰にでも親身になるいい人だったから、こんな親子につけこまれて」

女はそう言って、目頭を押さえる。

「あんた、母親がどこに行ったか、知ってるんでしょ」

「本当に知らないんです」

「誰がそんなの信用するんだよ！」

息子が怒鳴る。

「あの人が可哀そう……思いやりを踏みにじられて、恩を返してもらうどころか殺されて……いい人だったのに……本当に、いい人だったのに……家族を大切にしてくれて……」

女がそう言って、急にうわぁーんと声を出すと涙を溢れさせた。息子が女の肩を抱く。「ママ、泣かないで。パパは天国でママに感謝してるよ」と言いながら、ハンカチを取り出して母親に渡した。

あの男は、家で子どもに自分を「パパ」と呼ばせていたのかと、灯里は目の前の芝居じみたやり取りを見て鼻白んでいた。

「絶対にっ！　あんたたち親子を許さない！」

顔にハンカチをあてたまま、女が大声でそう言った。

「お気持ちはわかりますが、まだ取り調べの段階ですし、彼女は本当に何も知らないようですので」

そばにいた警察官が間に入ってくれたので助かった。もし自分ひとりだったら、延々と責められ謝るのを繰り返していただろう。

「とにかく、この家は私たちのものだから、出ていきなさいよ」

女がそう言うので、灯里は「はい」と、答えた。

ふたりが出ていったあと、灯里は部屋を片付けながら、あの親子に対して申し訳ないという気持ちが湧き上がってこなかったことを考えていた。男の妻が「いい人だった」と繰り返す度に、冷めた気持ちが広がる自分がいた。

それよりも母が心配だった。

すべてを背負って、自殺でもされたら——どうしようか。

事件後、引っ越しもあり、息つく暇もない日々だったが、最初の一ヶ月ほどは毎晩、どこかで自死した母の遺体が発見されるんじゃないかと眠れなかった。

灯里は、駅前のビジネスホテルに滞在しながら、仕事の合間に家の荷物の整理をした。一ヶ月経ち、少し落ち着いてから、会社の近くに新しい部屋を借りて引っ越した。

友人たちが引っ越しの手伝いをすると申し出てくれたのを断ったのは、家には男の使っていた歯ブラシや下着や部屋着、おそらく男が購入したのだろうセックスの際に使う道具などもあり、何かの拍子に見つけられたくないと思ったからだ。事件現場でもあるので、好奇心で何か調べられたり写真を撮られたりするのも嫌だった。

会社も少し休んで、上司には正直に事情を話した。辞めてくれと言われてもしょうがないと覚悟はしていたが、「君自身は、よくやってくれてるから」と、理解を示してくれて、救われた。

彼氏も、「灯里に罪はないよ、被害者だ」と、居たたまれなくなるほどに気をつかってくれた。

それなのに、結局、自分は会社も辞め、彼氏とも別れ、友人たちとも距離をとってしまった。人の優しさや、好奇心交じりの同情から逃れたい衝動にかられたからだ。

ひとりになりたかった。

今は夜に居酒屋でアルバイトしながら暮らしている。

そうして、男が死んで、母が逃げ、生活が一変してから一年が経った。

母が逮捕されたと聞いたときは、安堵した。

けれどまさか、あの母が、整形して顔を変え、温泉地でコンパニオンをしていたとは想像もつかなかった。仲良くしていたストリッパーに通報され、ストリップ劇場で逮捕されたというのも。自分の知る母は、そんなことができる人ではなかった。

そして灯里は今、十二月の日本海に、バスに揺られて向かっている。

インスタにあった〈芦原でお母さんによくしていただいた者です。会って話がしたい〉というコメントを無視することもできたけれど、自分の知らない母の姿を知る人と会ってみたい衝動にかられ、コメントをしてきたアカウントをフォローしてメッセージを送った。

灯里のインスタのアカウントは、ネット上の暇人たちによって、「殺人犯の娘だ」と晒されたが、消しはしなかった。それどころか、よくもこんな直接面識のない人間をそこまで憎めるものだと、自分に対する罵倒を冷めた目で眺めていた。

バスは木々が両脇に連なる道をすすみ、東尋坊に近づいていく。

東京まで行くと言った相手に、東尋坊で会いましょうと提案したのは、灯里のほうだった。

母は、芦原にいたときに何度か東尋坊を訪れていたと弁護士から聞いて、一度行ってみたいと思っていたのだ。

「次は、東尋坊、東尋坊です」

録音された声で、アナウンスが入る。

バスを降りて、両脇に土産物屋や食堂が並ぶ一本道を歩く。観光バスが一台停まっていたので、団体客もいるようだ。大勢ではないが、カップルや若い女同士、家族連れらしき観光客の姿は、ちらほらと見えた。

土産物屋では店頭で海産物を焼いて客引きをしている店もあり、観光地なのだと拍子抜けした。

土産物屋が途切れると、目の前には海が見え、階段があった。階段を降りて、「名勝　東尋坊」と書かれた石碑の前に立っている女を見つけ、まっすぐそちらに向かう。

「灯里さん、ですか」

目が合った女がそう口にしたので、はい、と灯里は答えた。

「片山(かたやま)聡子です。コンパニオンの仕事では、アカリと名乗っていました。遠くから来てくださってありがとうございます」

「いいえ……片山さんこそ、九州からいらっしゃったんでしょ」

「はい、でも、北陸にはまた来るつもりでしたから」

「アカリ」は、そう言った。

「今日は風も吹いてないし穏やかだけど……どこかお店に入りましょうか」と、聡子が言った。

階段近くにカフェがあったが、さきほど前を通ったとき、親子連れが何組かいて、子どもが走り回っているのを見たので、灯里は「せっかくだから、遊覧船に乗りません?」と、口にする。

「いいですね、私、東尋坊来たのはじめてなんです」

「え、でも母と一緒にこの近くで働いてたんですよね」

「金沢に部屋借りて、芦原とか、他の温泉地にも行ってたんですけど、観光らしいこと全然してなくて」

ふたりは石の階段を降り、遊覧船乗り場に向かう。遊覧船は思ったよりも広くて、数十人は乗れそうだが、今は十人ほどがまばらに乗っているだけだ。

「眺め良さそうだから、前に行きましょう」

聡子がそう声をかけて、ふたりは並んで最前列の席に座る。傍から見ると、仲の良い友達同士に見えるだろう。

「片山さんは、今、どうされてるんですか」

「コンパニオン辞めて、金沢の部屋を引き払って、しばらく大阪の安いビジネスホテルにいたけど、福岡の実家に戻りました。もともと私、親に反発したり、大学が嫌になったりして家を出たんですけど、親から逃げるのにも疲れてしまって……今は実家近くの祖母の家に住んで、大学に入りなおそうと勉強しています」

片山聡子が、病院を幾つか経営する医者の娘だというのは知っていた。連絡を取り合ったあと、フェイスブックのアカウントを見つけ、過去の投稿から医学部の学生だったということや父親の職業もわかった。

自分のように、常に金銭的な悩みを抱えていた者からすると、想像もつかないぐらい裕福な環境で生まれ育ったのだろう。

灯里は、小学生の頃から、自分には父親がおらず、母には結婚歴もなく、母が自分とふたりで生きるために職を変えたり生活を切り詰めていて、余裕がない家だというのはわかっていた。

一軒家に引っ越して、自分の部屋が与えられたことは嬉しかったけれど、たびたび出入りするあの男のことだけは、好きになれなかった。母は昼間は家で伝票や書類の整理などをするようになり、夜もずっと家にいてくれるようになったが、それがあの男のおかげだというのも、早くに気づいてしまった。

あの男が泊まっていく夜に、一階の母の部屋で、何が行われているのかも。古い家で、声がよく聞こえてしまうのだ。

気持ちが悪く、不快な声だった。

母の声より、男の声のほうが、響く。唸（うな）っているようで、ときに甲高い声。もともと地声も大きい男で、普通に話しているときも内容が耳に入ってしまうのが嫌だった。トイレは一階にしかないから、夜中に尿意を感じると、音を立てないようにして階段を降りる。そんなときに母の部屋から漏れる声を聞きたくなくて、耳を塞ぎながらトイレに行ったこともあった。

「あいつだって、男とやってんだから――」

一度、男がそんなことを言っているのが耳に入ったことがある。自分のことを指しているのがわかり、灯里は家を出ていきたい衝動にかられた。自分が恋人と何をしようが、あの男に干渉されたくなかった。

遊覧船は、ときどきガイドの案内を交え、少しばかり揺れながら海をすすむ。

さきほどは崖の上から海を見下ろしていたが、こうして海の側から見ると、その高さがわかる。

自分が知るのは穏やかな海ばかりだったので、こんなに険しい断崖絶壁を見るのははじめてだった。

船の先に、島が見える。

「あそこが雄島……東尋坊で身を投げた人が、流れ着くって言われているらしいです」

聡子がそう呟いた。

母はなんのためにここを訪れたのだろうか。

死ぬつもりだったのだろうか。

「東尋坊をネットで検索したら、心霊スポットめぐりだかなんだかで、夜にあの島を訪ねた人のリポートとか、いっぱい見つけちゃった。私は無理だな、怖い」

聡子がそう口にしたので、灯里は「私は結構、平気かも。霊とか全然信じてないし」と、言った。

「ここ、電話があるの知ってます?」

聡子が聞いてきた。

「聞いたことあるかも」

「公衆電話に、十円玉が置いてあるんです。死のうと思って訪れた人が、躊躇ったときに助けを呼ぶための電話。確かに、実際に来たら、簡単に死ねる場所じゃないって思いますよね。もっと楽な死に方、いくらでもあるのに」

母も、ここへ来て死ぬのを踏み留まったのだろうか。

「灯里さん、沙世さん……じゃなかった、お母さんとは面会されたんですか」

「いえ……弁護士さんを通じてやり取りしてるだけです」

母と会うのが怖かった。

たとえ顔を変えているとは言っても、面と向かったら、抑え込んでいた感情が溢れ、心が揺らいでしまいそうになるはずだ。

「片山さん、私、母がコンパニオンしてたなんて、想像がつかないんです」

灯里は、崖を眺めたままそう口にした。

「死んだ男の人の世話になる前は、母もスナックで働いていた時期がありましたけど、娘の私から見ても地味で、決して明るくて愛想のいい人ではなかったから」

「沙世さん……いえ、圭子さんでしたね、本名は。お客さんに人気ありましたよ。美人だし、品があるし、それに聞き上手で……だから私も、自分の家のこと、ついつい話しちゃった。私は自分の母親があまり好きじゃなかったから、圭子さんと一緒に働いていて、こんな人が母親だったらなぁ、なんて思っていました」

聡子は、そう言った。

逃亡していた「倉田沙世」は、顔も違うし、自分を産んだ「鶴野圭子」とは別人のような気がしていたが、「聞き上手」なのは、確かにそうだと灯里は思った。

支配的で高圧的な男と暮らしていたせいか、母は自己主張をせず、灯里に対しても、いつも聞き役だった。少しだけスナックで働いていたときも、「男の人を喜ばすおしゃべりとか、苦手だから、ついつい聞く側になっちゃう」と口にしていたのを覚えている。

やっぱり「倉田沙世」も、母だったのだ。

遊覧船は、二十五メートルあるという最も高い崖の下、せり出したふたつの崖の狭間に入っていき、そこで速度を落とした。

ふたりは窓から、崖の上を眺める。

灯里は、じっと岩肌を見つめている。ところどころ尖った岩がせり出している。もしも崖の上から身を投げたなら、まっすぐ海に落ちる前に、この尖った岩に突き刺されるだろう。想像するだけでも痛そうだ。

死ぬならば、もっと楽な手段がいくらでもあるだろうに。激しい痛みを伴いながら死んでいくなんて、まるで自らを罰するかのようだ。

だとしたら、ここで死ぬ人たちは、罪を背負った人たちなのだろうか。自らを罰しようとしている――。

母も、そうしようとしたのかもしれない。

母がずっと自分に対してうしろめたさを感じていたことは、十分すぎるほど承知していた。

未婚のままあなたを産んでごめんなさい。

男を見る目がなくてごめんなさい。

母が自分に対して感じている負い目が、ひたすら重かった。

大学に行きたいと思ったのは、母のような生き方が嫌だったからだ。誰かに依存し、我慢して世話になるなんて、絶対にしたくない。自分自身がきちんと社会に適応してお金を稼ぐためには、大学を出ておきたかった。大学を出たほうが、選択肢が広がる。要領がよかったせいか、成績も悪くなかった。

母によると、男のほうから、「成績いいんなら、大学ぐらい行かせたいだろ。金は心配するな」と、言い出したらしい。

援助はいらないと、母も自分もはねのけることができなかった。貯金など、ロクにあるわけがない。アルバイトをして奨学金を得てという手段もあったが、奨学金だって借金だし、アルバイトに夢中になり結局大学を辞めた人の話などを聞くと、無理はしたくなかった。

そうして、あの男の金で、大学に入った。あの頃から男は、馴れ馴れしさを増してきた。なるべく顔を合わさないように、サークル活動に精を出し、時々アルバイトもして、勉強は図書館を使い、家にいる時間を減らした。本当は家を出たかったけれど、そうなると今度は生活費の捻出に追われてしまうし、どこかに母をひとりにしたくないという気持ちがあった。

自分がいなくなってしまったら、母は本当に、あの男に支配されてしまう——と。

母はひとりでは生きていけない人だ。

そう信じていた。

今でも鮮明に記憶の底に張り付いているのは、祖母の葬儀の光景だ。大好きな祖母が亡くなり、幼かった灯里は泣き続けていた。けれど、あの頃から自分はどこか冷静で、祖母を亡くした悲しみより、今にも倒れそうに憔悴していた母が心配だった。泣いてはいなかったけれど、目が虚ろで、表情が無かった。祖母の死に顔よりも、母の顔のほうが生気を失っていた。

母は泣く私を抱きしめてくれたけれど、灯里は何よりも母が心配で、この人のもとを離れてはいけない、ひとりにしたら死んでしまう——そう思ったのだ。

遊覧船が速度を再び上げ、海の方へと戻っていく。

「私、圭子さんにすごく感謝してるんです」

聡子が口を開く。

「お客さんに、容姿のことをいじられて、酒の席だから受け流すべきなんだろうけれど、そのときはどうしてもそれができなかった。そしたら、圭子さんが、お客さんに対して本気で怒ってくれたんです。些細なことかもしれないけれど、嬉しかった」

怒った母の姿も、灯里は想像がつかない。

あの男に対しては、いつも母は従順だった。自分に対しても負い目があるせいか、注意はしても本気で怒った顔を見た記憶はない。

高校生のときに彼氏が出来て、たまに外泊したり、帰りが遅くなっても、母は怒らなかったから、自分に関心がないのかと思っていた。

「だから——私、圭子さんが人を殺したなんて、とても思えなくて。もし本当に殺したのだったら、よっぽどの動機があったんだとしか思えないんです。私は、あの人が殺人を犯して逃げてたというのが、どうしても信じられない——」

聡子は窓のほうを眺めたまま、そう言った。

さきほどまで晴れ渡っていた空に、少し雲がかかっていた。波も激しくなってきたようで、船が揺れた。

「ネットで事件のことを検索したら、母と一緒に働いてたって人の匿名の書き込みも見つけました。『男好きで、手あたり次第媚売ってた』『客に誘われると、ホイホイ寝てた』『旅館の支配人に気に入られて、枕営業で仕事もらってた』とか……」

灯里がそう言うと、聡子は表情を歪めた。

「それね……私も見ました。全部、嘘ですよ。圭子さんの逮捕がニュースになったあと、私、コンパニオンの事務所でドライバーをしてた菊池に連絡とったんです。アユって女の仕業に違いないって、菊池が言ってましたし、社長の美加さんも怒ってるみたいです。菊池も、沙世さんは、人を殺すような人じゃないって——だから、気にしないでください」

母のことが世の中で騒がれたのは一瞬だけだった。その一瞬で、灯里も実名やインスタのアカウントを晒されもしたが、次々と他の事件やスキャンダルのネタが押し寄せてきて、世間の暇人や、赤の他人を攻撃することでしか生きがいを感じられない気の毒な人たちの興味はすぐに移っていった。

「男好き」「枕営業」という書き込みを見たときは、腹が立つよりも笑ってしまいそうになった。「倉田沙世」は、女に嫉妬され中傷されるほどに、男を惹きつける女だったのかと思うと、やはり母とは別人のような気がしてならなかった。

弁護士の話だと、整形を斡旋し、逃亡の手助けをした、元ホストの若い男がいたらしい。そんな話を聞く度に、母は自分が思うよりも、しぶとく、したたかであったのだと思い知る。

船が発着場に着いた。

ふたりは石の階段を上り、さきほど見上げた崖の先端に近づく。

先を歩く灯里が、おそるおそる、崖に立ち、見下ろした。

吸い込まれそうだ——と、思った。

強い風でも吹いたら、足がふらつきバランスを崩し、まっさかさまだ。

よくもこんなところで死ぬ気になるなと、さきほど遊覧船の中から見上げたときは思ったが、いざ崖の先に立つと、抗いがたい力に身を任せたい衝動にもかられる。

「灯里さん、気をつけてください」

振り向くと、聡子が心配そうな顔をしていた。

「大丈夫です」

灯里はそう答えるが、母の逮捕のあと、友人や恋人が、「ひとりにしておくと、よからぬことを考えるんじゃないか」と、やたら家に来てくれようとしていたのを思い出した。

確かに、男が死んで母が逃げているときは、そんな考えがよぎりもした。生きていることそのものがわずらわしくなって、インスタにネガティブな投稿をしたこともあった。

けれど本気で死のうなんて、考えたこともない。

「私、沙世……圭子さんの娘さんが、灯里って名前で、しかも同い年だと知って、驚きました。だから、圭子さん、私を庇ったりしてくれたのかと思いました。それもあるから、どうしても灯里さんに会いたかった」

すべて捨てて逃げてきた母の前に、娘と同い年の「アカリ」が現れたとき、母はどう思っただろう。嫌でも娘のことが、突きつけられたに違いない。

ずっと自分は母を縛りつけていたのだ。

特別仲がいい親子というわけではない。苦労して自分を育ててきた母に甘えることはできなかったし、母は母でうしろめたさを抱えているせいか、いつも自分に遠慮して、お互いに言いたいことを言い合える関係ではなかった。息苦しさが常にあった。

高校二年生のときに、前から自分に気のあるそぶりを見せていた一歳上の高校の先輩と初体験をした。その男のことが好きだったわけではなく、違う世界を見たかったからだ。逃げたくても逃げられない環境から、ひと時だけでも目を逸らすために、男に走った。けれど、その男とのセックスには、自分を変えるほどの力はなく、すぐに別れた。

大学に入ると、アルバイト先の店長とつきあいはじめた。あれが、はじめての恋愛だったかもしれない。セックスもはじめて気持ちがいいと思えたけれど、二股をかけられていたので、長続きしなかった。

他に女がいる男とだけは、つきあわないと決めていた。不倫なんて、とんでもないことだ。母が、父親をはじめ、他に女がいる男とばかりつきあってきたのを知っているから、自分だけはそういう恋愛はしたくなかった。

亡くなった祖母に、「灯里ちゃんは、お母さんに似てないねぇ、きっと父親似なんだよ」と言われた。父親の顔なんて知らないが、確かに、母には顔も体つきも似ていない。

高校生ぐらいから「綺麗な娘だ」とたまに言われるようになった。自分でも人並みに美しくなる努力もした。だからずっと恋人はいたし、いつか結婚したいと言われたこともある。

あの男が死んで、母が逃げても、恋人は離れることなく親身になってくれていたけれど――半年前、会社を辞めたのと同時に、別れを告げた。

泣いて縋られるかと思っていたが、どこかホッとした様子で、すんなり別れられた。やはり「殺人事件の容疑者の娘」であることが、彼にも重くのしかかっていたのだろう。

「灯里さんは、どうしてお母さんと会おうとしないんですか」

聡子が真剣な顔で、問うてきた。

「こわいんだと思います、いろんなことが」

灯里は答える。

「圭子さんは、死んだ男から金銭的な援助を受けていたけど、いつまで経っても本妻と離婚してくれないので言い争いになって、カッとなって二階から突き落としたって、供述してるんですね。支配的な男で、暴言を浴びたこともあり、恨みが募っていた、と」

聡子の問いに、「その通りです」と、灯里は答えた。弁護士から、そう聞いている。

「殺意があったかというのが争点になるみたいですね。そもそも、人を殺そうとするならば、階段から突き落とすというやり方は、死ぬ可能性が低いと思うんですが……」

「運が悪かったんです。階段の下に、おじさんが旅行した際にお土産で買ってきた石の置き物がありました。パワーストーンていうんですかね。そういうのが好きだった人で……結構大きくて邪魔だから、捨てようかと思って階段の下にビニールに入れて置いておいたんですよ。二階から落ちて頭に石が当たって……打ちどころが悪かったみたいです」

悪趣味だとしか思えないパワーストーンの置き物は、ずっと目障りだったが、それが致命傷となって男の命が奪われたのなら、最後に自分たちを救ってくれたような気がしていた。

「圭子さん、すごく冷静ですよね。男が死んだあと、スマホを壊して捨てて、身の回りのものを持って逃げて、整形手術までしてる。不思議なんです。結婚したいほど愛した男を殺したあと、そんなに冷静に行動できるものなんでしょうか」

その通り、母は冷静だった。

それでもまさか、逃げるだなんて思いもよらなかった。

びゅううっと音を立てて風が吹き抜けた。

身体が揺れ、油断していると本当に崖の下に吸い込まれそうだ。灯里は踏みしめるように足に力を入れる。

引きずり込まれてはならない。

弱みを見せてはいけない。

「灯里さんが、第一発見者なんですよね」

「そうです。あの日は、当時つきあっていた恋人の家に行っていたんです。おじさんが来るのを知ってましたから——夜になって家に戻ると、おじさんが血を流して仰向けに倒れていました。死んでいるのはわかったから、警察に通報しました」

「お母さんが逃げている間、連絡はとらなかったんですか」

「母のスマホはつながらなくなってたし、母も、私に電話すると警察に居場所がバレるから連絡できなかったんでしょうね。だからどこにいるのか、そもそも生きているのかも、私は全然知らなかった」

逃げきって欲しい気もしていたけれど、そんなことができないのも、わかっていた。

——灯里は自分が幸せになることだけ考えて。母親はもう死んだのだと思って——

あのとき、母にはそう言われた。

どうしてそんなことを言い残したのかと、あとで何度も母を責めたくなった。

「私、やっぱりどうしても、納得いかないんです。人を殺すなんて、あの人が」

聡子は、独り言のようにそう口にする。

この女には、いや、他人には、想像もつかないだろう。

世の中には、殺意を抱かざるをえない環境で生きている人間が、ごまんといる。私が、あの家で、どんな想いをして生きてきたのかなんて、他人にわかるはずがない。誰にも打ち明けることができなかった。

あの男が、自分をいやらしい目で見ているのに気づいたのは、中学生のときだ。胸が膨らみ、ブラジャーをつけるようになった頃から、自分を見る目が変わった。

母の目を盗み、すれ違いざまに肩に触れたり、腰にさわったりするようになったのは、高校生になってすぐだ。黙って手を払いのけるなどしていたが、母には何も言わなかった。自分が何か言ったことで男が怒り、この家を追い出されたらふたりには行くところがないと思っていた。できるのは、男とふたりきりになるのを避けることだけだった。

けれど大学に入ったあと、『入学金も学費も俺が出してやったんだぞ』と言いながら、突然布団に入ってきたときは本当に怖かった。母が下の部屋で寝ているときだった。キスされかけたけど、男の口が臭くて、油っこい整髪料の匂いも気持ち悪かった。必死に抵抗したら諦めてくれたけれど、あの時から、殺してやりたいと思っていた。

母の入浴中に、男がポケットから灯里の水色の下着を取り出して、「ほら、落ちてたぞ」とニヤニヤしながら渡してきたこともある。二階のベランダに干してあったものだ。見当たらないと思って探していた。

無言でにらみつけると、男は「地味なパンツだなぁ。彼氏とデートのときは、もっとひらひらしたやつ着けてるんだろ？　持ってないなら買ってやろうか？」と言ってきたので、「いらないです」とだけ答えて、灯里は男に背を向けて二階に上がろうとした。

「それ見てたら興奮して、昨日家で、嫁に見つからないように一発抜いたんだよ。最近、若い娘とはやってねぇからなぁ」

灯里は一瞬、意味がわからなくて階段の途中で足を止めて、振り向いた。

「なんか欲しいものあったら、俺に言えよ。若い男なんて、金持ってないやつばっかだろ」

そう言って笑う男の顔が気持ち悪すぎて、灯里は部屋に入ると、下着をゴミ箱に捨てて、ウエットティッシュで手を拭いた。

腹立たしくて、悔しくて、涙が出てきた。

自分は人間扱いされていない――いや、自分だけではなく、母も、男の妻も、この男は都合のいい道具としか見ていないのだ。

就職してからは、通勤に時間がかかるのもあって友達や彼氏の家に泊まることも増え、男と顔を合わせる機会も減って、ホッとしていた。それでも自分が、あの家を離れることができなかったのは、母が心配だったからだ。

可哀そうな人だとずっと思っていた。

ひとりでは何もできない、自立していない、だから男に支配され従属するしかない、母。

母の生き方が、大嫌いだった。母のことも――。

「圭子さん、誰かを庇っているとか、そういうことはないんでしょうか」

聡子がそう口にした。

「誰かって、誰?」

灯里が聞くと、聡子は目を伏せて、「――ごめんなさい」と言った。

あの日は曇り空の日曜日で、少し肌寒かったのを覚えている。

母は男に頼まれ、少し遠くのショッピングセンターまで請求書や生活用品などを買いに昼食がてら自転車で出かけていった。

会社は休みだった。恋人の家に行く予定があったので、灯里はそろそろ家を出ようかと自分の部屋を出た。

タイミングが悪く、男がいた。来るのは知っていた。それまでに出るつもりだったが、前の晩が友達との飲み会で帰るのが遅かったので、つい二度寝をして起きるのが遅くなってしまった。

男は、上機嫌だった。あとで気づいたが、台所のテーブルの上にワンカップの日本酒の空き瓶があった。こんな時間から家に来るなり飲んでいたのだ。

灯里が一階の洗面所で顔を洗い、歯を磨いて、着替えるため二階に戻り自分の部屋に入ろうとすると、男が階段を上がってきた。

「デートかぁ?」

と、酒臭い息で話しかけられたので、灯里は自分の部屋に入り鍵をかけようとした。扉の前に立った男が足を伸ばし閉めるのを阻んだ。

「お前は、昔から、男と遊んでばかりだなぁ」

そんなことを、この男に言われる筋合いはなかった。

「せっかく、俺が大学に行かせてやったのに、休みになると男のとこに行って、もうちょっと俺に感謝してくれてもいいんじゃないか」

　お前が来るから、私は家を空けているのだ――と、言い返したい衝動を抑えた。

「感謝はしています」

「そうは見えないんだよなぁ。俺な、お前の母親にはとっくに飽きてんだよ。ババアだし、それでも面倒を見続けた意味、わかってんのか？」

　男の目がぎらついている。

　そこに自分に対する欲望を見つけ、灯里は嫌悪感で鳥肌が立った。

「あの、私、着替えたいんで」

「男と会うんだろ。お前、男はどれぐらい知ってるんだ？　どうせ若い、下手くそな男ばっかりだろうが」

　男が部屋に入ってこようとするのを、必死で扉を引っぱり止めていた。

「さんざん男とやってんだから、なあ、いいだろ。感謝の気持ちを俺に示せよ。お前、俺のおかげで人並みに大学に行けて就職できたんだぞ。俺、今からでも、お前に金返せって言う権利あるんだぞ」

　男が顔を近づけてきたので、渾身の力を込めて灯里は突き飛ばした。

「何すんだよ」

　男は怯む様子もなく、両手を伸ばす。灯里の腕を引き、廊下に引きずり出した。

「やめて。お母さんが帰ってきます」

「だったら見せつけてやるよ。ババアより若い娘のほうがいいってな。もうあいつを抱く気はしないけど、捨てると面倒だから養って、義務で抱いてやってんだよ。だからお前が代わりに――」

その言葉を聞いたときに、怒りで頭に血が上った。

「気持ち悪い」

「おい、お前、俺に感謝こそすれ、そんな言い草ないだろう。可愛い顔してるから、今まで世話してきたんだぞ、お前がブスだったら――」

男の右手が、灯里の肩をつかんだ。

「さわるな、汚い」

「誰に向かって言ってんだよ。どれだけ今まで俺の世話になってきたか。なぁ、お前、俺と一度寝てみたら、若い男なんてつまんなくなるぞ」

男は、そう言って、もう片方の手で灯里の胸に触れてきた。

「やめて」

「あいつが帰ってくるまでに、さっさと済ますから、抵抗するな。絶対、俺から離れられなくなるから」

胸に置かれた手を払いのけると、男が舌を出して顔を近づけ、生ぬるいものが灯里の唇に触れた。

「死ね――」

灯里は無意識にそう口にして、全身の力を込めて男を突き飛ばした。

男は酒に酔って、足元がおぼつかなかったのだろう。口を開けたまま声も出さず、宙を向いた姿勢で落ちていった。

がつんと、音がした。男のうめき声が続く。

男の声が聞こえなくなってから、おそるおそる灯里は階段を下りた。血が流れ、男の身体は痙攣（けいれん）していた。

あのとき、もしすぐに救急車を呼んだら男は助かっていたかもしれない。

殺意は、確かにあった。ずっと死んで欲しいと思っていた。

血を避け、男の体を見下ろしていると、そのうち男が動かなくなり、呼吸も止まった。

カチャカチャと玄関の鍵をまわす音が聞こえたので、灯里は玄関に向かった。

「ただいま、あれ、まだいたんだ」

圭子がそう言った。

「お母さん」

「何？」

「驚かないでね」

灯里の表情を見て、何か察したのか圭子の顔も真顔になる。

「どうしたの」

「おじさん、死んだ」

「え」

「私が突き飛ばしたの。大学行かせてやったんだから、感謝しろって……。本当は、今日だけじゃない。ずっと、隙を見つけて、いやらしいことしようとしてた。すごく嫌で、逃げてたけど、今日は無理やり——」

そこまで口にすると、灯里は黙り込む。

圭子は靴を脱ぎ、ダイニングに入っていった。

「あ——」

圭子は、気の抜けたような声を出す。悲鳴でもなく、軒下に鳥の巣を見つけたような、間の抜けた声だった。

「ごめんね」

圭子が口にしたのは、男ではなく、灯里に向けての言葉だった。

「——私が全部悪い」

違う、そうじゃない、悪いのは母ではないと灯里は思ったが、なんと言っていいのかわからなかった。

「ずっと私が、我慢させてたんだ、灯里に」

圭子は男の死体を見下ろしながら、そう呟いた。

「ごめん——」

圭子がそう言ったのが、知っていたけれど生活のために見て見ぬふりをしていたからなのか、本当に全く気づかなかったからなのか、灯里にはわからなかった。

「それよりもお母さん、どうしよう」

「ちょっと待って」

圭子は俯いて、黙り込んでいる。

「灯里、逃げて」

顔をあげて、圭子が言った。

「え？」

「この人を殺したのは、私」

自分に言い聞かせるように、圭子がそう口にする。

「お母さん、ちょっと待って」

「私が階段から突き落としたの。灯里はそのとき、家にはいなかった。早く出かける準備して、彼氏のとこでもどこでも行きなさい。あとはお母さんが何とかするから」

「だって……」

灯里が口を開こうとすると、今まで見たことがない強いまなざしで、圭子が灯里をじっと見つめる。

「本当に、ごめんね。全部、私のせい、私が悪い」

圭子は無表情だった。そこには悲しみも怒りも、見えない。

「だからお母さんが、すべて背負います。お願いだから、灯里は自分が幸せになることだけ考えて。母親はもう死んだのだと思って」

母親から、こんなにも強い口調で何かを言われたのは、はじめてだった。

「でも、私が……」

「一生に一度のお願い。お母さんの頼みを聞いて。あなたは何も知らない、家に戻ると男の死体があって、警察に通報する。あとは何とかするから、あなたはこの男の死とは関係がない。

さあ、早く家を出て。出なさい」

　圭子の勢いに気圧されるように、灯里は二階に上がり、身支度をした。一階に降りると、母はじっと立って死体を見下ろしていた。

　その目には悲しみなどはなく、ただ憐れむように男を見ていた。

　灯里の気配に気づくと、はっと目が覚めたように圭子が顔を向ける。

「お母さん、これからどうするの」

「わからない。でも、お母さんに任せて。とにかくあなたは何も知らなかったし、この場にもいなかった。そして約束して、お母さんのことは忘れて生きて」

　そんなことを言われてもと思って、灯里は立ち尽くしていた。

「ちょっと待って」と、圭子は和室に入り、札束を手にして「これ、使って」と押しつける。

「何よ、これ」

「この人が隠してたお金。どうせ表に出せないお金だし、死んでるし、あげる」

　圭子は灯里の手に剝き出しの札束を握らせ、「早く」と、玄関に向けて灯里の背を押した。

　灯里はそのまま家を出て駅に向かった。

　あとになって考えると、もう二度と会えないかもしれないのに、母に「さよなら」という言葉を告げもしなかった。

　駅のトイレで母から渡されたお金を確認すると、ちょうど百万円あった。あとになり、引っ越しなどに役に立った。

　電車に乗り、都内の恋人の部屋に行ったけれど、「気分が悪い」と、布団に入って寝ていた。

優しい恋人は、そっとしておいてくれた。そして夕方、「いったん家に帰るね、明日会社だし」と言って、戻ってきたのだ。

自分が住んでいた家の扉を開けるのに、あんなにドキドキしたのははじめてだ。何度も、家に入らず逃げてしまいたいと躊躇った。

一番恐れていたのは、母が男の死体のそばで死んでいることだった。

あんな男でも、母は長年世話になってきたのだから、悲観して自殺でもしたらどうしようと思ったが、意を決して入った家の中には母の姿はなかった。

死体の顔の上には布がかぶせてあり、灯里は母に言われた通りに、警察に電話した。

大きく深呼吸して、心を落ち着かせる。

母はどうしたのだろうと心配ではあったが、まさか関係していたホストを頼り、整形手術を受け、逃亡の旅をはじめるとは、夢にも思わなかった。

母は、母なりに、自分の人生に抵抗をはじめていたのかもしれない。

そして男が死んだのをきっかけに、違う人生を生きようとしたのだと気づいたのは、母が逮捕されたあとのことだ。


「本当は、私が殺して、母が私を庇ってるって、片山さんは言いたいの？」

灯里がそう言うと、聡子は「違うんです」と、答える。

「そういう意味ではなくて……灯里さんには動機がないですよね」

「ええ、ありません。おじさんには、よくしてもらいました。おじさんがいなければ、私たち親子は暮らしていけなかった……ましてや大学になんて、入れなかった」

灯里は答えた。

嘘を吐くなど、たやすいことだ。この一年間、嘘ばかり吐いていた。

あなたには、きっと想像もつかないだろう。私の恋人や友人、会社の人たちも、私のことは、父親がおらず多少の苦労はしてきただろうけれど、明るく社交的で仕事も頑張る女の子だとしか、思っていない。

本当は、ずっとあの男を殺したかった。

母を支配したあげく、私をも支配しようとした、あの男。

いまだに、毎日、迷っている。

警察に出頭して、「私が殺しました」と、本当のことを言うべきか、どうか。母が捕まるまでの間も、いつかバレるのではないかという恐怖は常にあったし、今だってそうだ。

私が生きている限り、人を殺した事実からは、逃れられない。

母を身代わりにしてしまった罪悪感からも。

母は幸せになってと私に言ったけれど、この重い十字架を背負い続けて、「幸せ」になどなれるのだろうか。

脅えて生き続けなければいけないのに。

「灯里さん、今日はどこかに泊まられるんですか」

「芦原温泉に。母がいた旅館は、休業するみたいで予約できなかったんで、別のところを」

「花やぎ旅館は、買収が決まって改装工事するみたいです。前からそういう話はあったって、菊池が言ってました。支配人も辞めたって」

「コンパニオンを派遣していた事務所も、ネットで名前があがってしまい、母のことで迷惑がかかったと思うんですが」

「あ、美加さん……コンパの会社の経営者は、逆に宣伝になったとか言ってるみたいですよ。宴会減ってるから、コンパさんたちを食べさせるために、金沢市内にスナック開くとかで準備してるらしくて、相変わらずたくましく生きてるみたいだから、気になさらずに」

「そうなんですね。片山さんは、今日はどうされるんですか」

「金沢に泊まって、友人と会ってから明日帰ります」

びゅううっと風が強くなり、灰色の空が広がっている。

「さっきまで晴れてたのに……なんだか雪も降りそうですね」

聡子がそう言うと、「アカリー！」という声が階段のほうから聞こえ、ふたりはそちらを向いた。

「あ、アカリじゃなくて聡子か」

菊池だった。

「さっき話した菊池です。ここで待ち合わせして、金沢に送ってもらう約束をしていて」

自分たちより少し上ぐらいか、若い男がジャンパーのポケットに手を入れたまま早足でこちらに近寄ってきた。

「沙世さんの娘の、灯里さん」

聡子がそう紹介すると、菊池が「沙世さんにはお世話になりました」と、こちらを窺うような目をしながら、深く頭を下げる。

灯里の頰に冷たいものが当たる。

雪が、降ってきた。

「灯里さん、もしよかったら芦原温泉まで菊池の車で送ってもらいませんか?」

と、聡子が言った。灯里は首を振る。

「私はもう少しここにいます。バスの時間まで」

「わかりました」

ひとりでいたいというのを察したのだろう。聡子は頷いた。

「あの、灯里さん。今日は、本当に遠いところから来てくださって、ありがとうございます」

聡子は深く頭を下げたあと、ふと顔をあげ、灯里の顔を見る。

「死なないでくださいね」

聡子が言った。

その表情がひどく幼く、目には涙が溜まっていて、母を乞う子どものようなので、つい灯里は笑顔になってしまう。

「死にませんよ、何があっても。母と約束してるから」

けれど、母を身代わりにしてしまった罪悪感に押しつぶされ、自首するか死ぬかの選択で迷うことは、これからもあるだろうと灯里は考えていた。

自分が人を殺したのは、間違いないのだ。けれど、正直に「私がやりました」と自分が名乗り出たら、一番悲しむのは、母だ。自首して正当防衛だと主張する選択肢もよぎったことはあったけれど、それでも自分が殺意を抱いていたのは事実だ。

自分の罪は、どうしたって消えないし、毎日のように警察に行くべきだという考えが湧き起こっては、それを抑えていた。ずっとこれからも、そうやって葛藤し続けるのが、自分に与えられた罰なのだろう。

「よかった。……今はすごくつらいし、灯里さんも苦しんでるとは思うんですけど、いつか……お母さんに面会してください。きっと灯里さんの顔を見たら、お母さん喜ぶと思います」

「わかりました」

今はまだ母と顔を合わす気にはなれないけれど、いつまでも逃げ続けるわけにはいかない。

「あと……私、沙世……圭子さんに、『誰かに甘えても頼ってもいい。でも、ひとりで生きていける人間になりなさいって、自分が母親だったら言う』って言われたことがあるんですけど、今になって考えると、私じゃなくて灯里さんに向けての言葉だったと思うんです。だから、それもお伝えしたくて」

誰かに甘えても頼ってもいい。でも、ひとりで生きていける人間に——。

母はひとりじゃ生きていけない人間だと、ずっと思ってきた。だから自分も、母から離れられなかった。

でも、そうじゃなかった。ううん、母自身が、ひとりで生きていける人間になろうとしたのだ——この日本海に近い北陸の地で。

「ありがとう。母を知る人と話せて、よかった」

灯里が答えると、「……じゃあ、お元気で」と、聡子は頭を下げ、まだ何か言いたげな菊池の背を押すように崖に背を向け、駐車場に向かって歩き出した。

ふたりの姿が見えなくなってから、灯里はバッグから一枚の写真を取り出した。

旅館の寮の金庫に、現金と共に残されていたものだと、母の弁護士が送ってくれたポラロイド写真で、派手な化粧の若くはないストリッパーの女が、「倉田沙世」をうしろから抱きしめている姿が写っていた。母は笑顔を作っているが、居心地悪そうな戸惑いを隠せないでいる。

私の知らない女だけど、確かにここにいるのは、母なのだ――。

雪が落ち、顔に当たり、溶けて涙のように頬を伝って流れていく。

雪を振り払うこともせず灯里は崖に近寄り、母が写ったポラロイド写真から手を離すと、写真ははらはらと揺れながら海に吸い込まれた。

さきほどより波が荒くなり、岩にぶち当たり飛沫をあげている。

灯里は顔をあげ、海を眺めた。

多くの人の死を呑み込んできた、深く青い海。

まるでこの世の果てのようだと思いながら、水平線の向こうを眺めた。

初出　小説新潮２０１９年11月号〜２０２０年６月号

果ての海

二〇二一年八月三〇日　発　行

著　者　花房観音

発行者　佐藤隆信

発行所　株式会社新潮社

東京都新宿区矢来町七一
郵便番号一六二―八七一一
電話　編集部（03）三二六六―五四一一
　　　読者係（03）三二六六―五一一一
https://www.shinchosha.co.jp

装　幀　新潮社装幀室

印刷所　株式会社光邦

製本所　大口製本印刷株式会社

ISBN978-4-10-351822-8 C0093